その線から踏み出すか
それとも留まるかで
後の人生が決まる。

中山七里

选择越过这条界线还是停下，

决定了往后的人生。

——中山七里

文治
© wénzhì books

境界線

界线游戏

〔日〕中山七里 著

刘姿君 译

台海出版社

目录

生者 与 死者 —— 001

幸存者 与 消失者 —— 059

卖家 与 买家 —— 115

孤高 与 群居 —— 177

遭追缉者 与 未遭追缉者 —— 249

生者死者

1

二〇一八年五月二十九日，气仙沼市南町。

清晨五点，尚且柔和的朝阳抚上穗村的脸颊。夹带着海潮的风有几分湿黏，但仍比在海上宜人，不会晃动的地面也令人安心。

穗村一个月没踏上地面了。一旦出海到远洋，便要在海上待整整一个月。日复一日，任凭海浪翻腾，日光炙烤。渔船上满是海潮味和鱼腥味，一开始会让人很反感，但久了嗅觉就麻痹迟钝了。回到陆地才总算恢复原有的感觉，然后再次重复同样的过程。

远洋的"一本钓"[1]绝不是一份轻松的工作。这应该就是登陆之际人的解放感特别分明的原因吧。

这次的收获也不差。气仙沼港的鲣鱼渔获量连续二十一年都是日本第一。照目前的状况，应该可以再创新纪录。

连续二十一年并非单单只是一串数字。其中经历二〇一一年的震灾仍没有中断才是其意义所在。那是气仙沼的人，乃至于全东北人修复一度重创的心灵所不能没有的骄傲。

1　日语词，指的是仅用单个钓竿、单个钓钩的钓鱼方法。

穗村在鱼市场的食堂吃了赶早的早餐后走向海岸，这是他从远洋上陆后的固定行程。

陆地上中餐馆、居酒屋、理发店等建筑零星存在。视线可以从间隙直通海岸。没有建筑物的地方现在全都被夷为平地，因此没有任何遮蔽物。

以前，这里是个不小的商店街。整排以渔夫为客群的居酒屋，入夜后，连马路上都听得到醉汉的声音。

曾经的热闹如今已不复见。地方上固然努力重建，但知道过往情形的人只会徒增失落。空地上连重型机具的影子都没有，"复兴"一词也空虚地消失在风中。震灾甫过时，市中心的饭店和旅馆因工程人员长驻随时呈客满状态，现在却门可罗雀，因为这些人都被调到东京的工地以筹备奥运了。

穗村会想，复兴到底是什么？如果让失去的市镇和生活复原还不如一次体育庆典重要，那么为政者动不动就挂在嘴上的复兴也不过是文字游戏罢了。

穗村虽不是当地人，但每当望着这片荒凉的情景，都痛心和悲愤不已。明知道用不着特地让自己不开心，但总觉得自己既然是靠气仙沼渔港生活的，就不能视而不见。

既没有居民，也没有行人，这个时间人影全无。穗村陷入一种仿佛被孤身置留于荒废行星上的错觉。

大海这个罪魁祸首完全改写了人们与城镇的样貌，却一派平稳地扬起浪花。以渔猎为生，他的身体便会刻骨铭记自然对人类生活的满不在乎，也早已习惯大海的翻脸无情。但每当同时看见大海的丰饶与陆地的荒废，他都会深深感到人类的存在是多么渺小。

无意间，视野一角捕捉到一个异物——有个人形的东西倒在浪边。

不会吧？

即使是现在，仍时不时会有奇怪的东西漂到这一带的海岸。脚踏车、电器、足球、人偶、全家福照。有人说，这是大海一点一滴归还海啸抢走的东西。有时候也会有假人模特漂上岸。那也是这类东西吗？

穗村往下来到海岸，朝浪边走。东西的轮廓逐渐分明，穗村的脚步也加快了。

黑长发、白衬衫、淡黄色的长裤。因为是趴着的，所以看不见脸。但从露出的肌肤可以确定不是假人。

"喂，小姐！"

穗村出声喊，但没有回应。

"别睡在这种地方。"

他弯身去摇她的肩，还是没有反应。

"喂！"

将人扳过来面朝上的那一瞬间，穗村"呜"的一声呻吟，坐倒在地。

那是一具如假包换的女尸。

*

叮。

闹钟正要开始响的那一刻，一只手伸过来按掉了闹铃。

公家宿舍的某一个房间里，笘筱诚一郎缓缓坐起。一甩头，便完全清醒了。所谓独居的中年男子生活一定不规律不过是无稽之谈。像自己这种已将规律生活刻入骨髓的人，单不单身、有没有与家人同住都一样。

太阳蛋和厚片吐司。每天早上都吃同样的早餐倒不是因为规律，只是变不出花样而已。

"开动。"

笘筱面向无人回应的空间双手合十。每天都做同一道菜，厨艺总会有所长进，但笘筱还是深感自己的舌头被老婆做的菜惯坏了。

吃完，他伸手去拿矮桌边的一份简介。昨天，在办案造访区公所之际，他将放在窗口的简介带回来了。

"东日本大震灾灾民互助。"

封面照片是灾民排队领餐的情景。翻开来第一页起始便刊载了该会代表、一个姓鹄沼的男子的文章。

"那次可恨的震灾后，七年的时间过去了，但灾民重拾原来的生活了吗？恐怕只有一半。各地仍残留着灾害的伤痕，许多人仍因损失惨重而狼狈周章，失去家人朋友而倍感孤独的人也多不胜数。

"我在震灾两年后成立了互助会。本应由政府复兴厅统率进行的复兴事业迟迟没有进展，使我愤而自救。本会无法盖屋铺路，唯盼能够帮助劫后余生之人填补彼此的失落。

"请说出至今说不出口的话。

"发泄至今积郁心中的苦闷。"

笘筱也是因震灾而失去家人的其中一人。当时，他与妻子、儿子三人住在气仙沼，但天摇地动发生在笘筱因办案而离开市区时。

地震发生，海啸继之而起。笘筱虽担心气仙沼的家，但震灾一发生，警署便必须因应，信息也错综紊乱。好不容易回到家，家人连同房子都不见了。从此，两人便一直行踪不明。

那时候为什么不抛下公务去寻找妻儿？笘筱后悔过无数次，但无法赶回家人身边的不是只有他。震灾发生时，凡是有公务人员身份的，人人都需坚守岗位。而他们也和笘筱一样，至今仍不断自问、自责。

——克己奉公，真的是对的吗？

笘篌后悔带回了简介，将之揉成一团丢进垃圾桶。

洗完脸正在换衣服时，同事莲田来电。

“不好意思，一大早打扰。你醒了吗？”

“刚换好衣服。你现在在哪里？”

“我在去气仙沼署的路上。岸边发现了一具女尸。”

莲田这几句话让笘篌觉得不太寻常。他的声音有种掩饰紧张的感觉。

“他杀吗？”

“现在还不知道。气仙沼署还没有判断是意外还是命案。检视官也还没到的样子。”

“等等。都还不知道是意外还是自杀，怎么就召集县警本部的人了？”

电话那头有一瞬沉默。

“怎么了？”

“没有召集，是石动课长跟我说的。课长说，气仙沼署那边找笘篌先生，要我跟你一起过去。”

“我不懂。”

“最先赶到的同人翻了死者的衣物，票卡夹里有驾照，所以得知了死者的身份。她叫笘篌奈津美。”

一时之间，笘篌甚至无法呼吸。

“我马上过去。现场在哪里？”

笘筱挂了电话，脑海中仍是千头万绪。一穿戴好，他抓起外套就夺门而出。

笘筱的妻子就叫奈津美。

那是他曾经住过的地方，方向很熟。笘筱无须导航便抵达了现场的海岸。看到处处空地的景象，记忆硬生生又被搅动了一次。人们曾经在当地生活的残骸，笘筱家也一样，曾经存在的事物也好，曾经住过的记忆也好，全都被带去了海的另一边。

每个人都有无法忘怀的记忆、无法删除的景象。就和许多东北人一样，对笘筱而言，那便是城镇被海浪吞没的画面。当他因办案而离开市区时，感觉到了地面被向上顶的冲击，人因不知何时会停止的摇晃而跪倒在地。然而，真正的灾难还没有来临。

有什么大事正在发生。笘筱在凶事降临的恶寒中继续办案，未经证实的消息陆续传来。

受害的不仅是宫城县，似乎整个东日本都被波及了。

震度接近六。

大海啸逼近海岸的城镇。

不久，笘筱在电视屏幕上目击了惨状。雨雪中，海水侵袭熟悉的自家市区，将道路淹没。水位转眼上升，轰然席卷市镇。

那光景令人当下难以置信。渔船被冲上市区，轿车、砂石车像玩具般浮在水面。隆隆声响几乎盖过一切，但屏幕中仍传出电线杆折断的声音、人们的喊叫声。

海水冲进中低层楼房，冲破玻璃窗，两层楼的民房几乎没顶。笃筱所租的房子也瞬间被海浪吞没。

看起来就像影视特效。几个小时前，自己才和老婆说过话、才走出家门的。那个家，刚才却像什么玩笑般消失在一波波海浪之间。

水一退，等着他的是更大的惊愕。民房的残骸与家具推挤层叠，毫无秩序可言。熟悉的城镇在巨大的泥泞中化为废墟，前一刻的影子分毫不剩。

笃筱一句话都说不出来，当场腿软。明明意识清晰，却像在做梦。明明双眼紧盯着画面，内心却拒绝接受那是现实。当时那种不协调感，至今仍化为残渣紧紧黏在记忆底层。

笃筱按着越来越沉的胃下了车。建筑物零零星星，因此远远就能看到蓝塑料布帐篷。

奈津美死了，就在那座帐篷里。一心以为七年前被海啸吞噬的妻子，现在就躺在那里。笃筱心情激动得连自己都感到惊讶。恐惧与安心、希望与绝望、期待与失意……相反的情感互相冲突、互相纠结，将思考打乱。

莲田在帐篷前等，或许是知道笃筱的困惑而特别关心他。看到莲田那个样子，笃筱明白为什么只是认尸，石动却要莲田同行了，是让他来监视自己，以免自己失控的。

虽然觉得被看轻了，同时却也觉得被看透了，眼下笆筱无法充分发挥他平常的自制。看似浑不在意，其实却尽在掌握，一课课长的头衔不是挂假的。

"辛苦了。"

莲田说。笆筱心想你才辛苦，但没有说出口。

"电话里不清不楚的。详情如何？"

"我刚到。唐泽先生也刚到，总算开始相验。"

笆筱和唐泽检视官认识，彼此也算熟人，但并不会因为是熟人就不排斥家人赤裸裸地被他看见、触碰、测量直肠温度。这样也许会被斥为公私不分，但至少他并不是以调查员的身份被叫来这里，他被叫来是因为他是认尸的关键人物。

不过在相验结束前不打扰唐泽的自制力，笆筱好歹还是有的。他站在莲田身旁，等帐篷里出声叫人。

沉重的沉默笼罩着两人。莲田还年轻，心里想什么都写在脸上。他正拼命想着是该安慰笆筱，还是该默默度过这个场面。

然而，看来他终究耐不住沉默。

"我不知道该说些什么。"

真是个老实人。

"要是能在还在世的时候就找到当然是最好的。"

"都七年了，那是不可能的。别的不说，既然活着，为什么至今都没有联络？"

笘筱首先过不去的就是这一点。

若是尸体漂流了七年，才终于回到气仙沼的海岸，先不管可能性有多少，至少是有可能的。笘筱要做的便只是待鉴定确认尸体是奈津美后诚心将她下葬。她应该会很高兴，最重要的是笘筱能得到解脱。

凡是震灾灾民都深知，"失踪"这个词意味着遗体陈尸之处不明，而非生还者所在之处不明。然而，家属和媒体仍抱着一丝希望，将未发现遗体者称为失踪者。

笘筱之所以疑惑，是因为应该被海啸带走的奈津美竟真的是失踪的这个事实。此刻依然混乱的脑袋里，大大盘旋着两个疑问：奈津美至今都在哪里、做些什么，以及为何一次都没有和笘筱联络？

要是能在还在世时见面是最好的。

用不着莲田说。没有人喜欢看家人的尸体。即使如此，那一天，被留下来的人们还是到处寻找家人的遗骸，因为他们必须让死者走得瞑目，也必须为自己做个了结。

"你说是从驾照判断身份的，那你看过驾照了吗？"

"还没有。东西由气仙沼署的人保管。"

"七年的空白是个问题，但她为什么会死在这里是更大的问题。"

笘筱虽全力保持平静，却没有把握究竟是否做到了。

"你说气仙沼署还没有判断是意外还是人为是吗？也就是说，没有明显外伤了？"

"我现在说什么都只是臆测。"

说着说着，筥筱发现了一件事：劝说和被劝的立场颠倒了。

他按捺着焦急的心情等候着，终于等到一个男人慢吞吞地从帐篷里出来。

"好久不见了，筥筱先生。"

出来的是他在气仙沼署时期的同事，一濑。筥筱通过电视荧幕目击自家被冲走时，一濑就在旁边，而一濑本身也因海啸痛失双亲。或许因为如此，他身上没有莲田那种不知该说什么的迷惘。

"相验完了。请确认遗体。"

这略带公事化的语气反而令人庆幸。

"我在这里等。"

看来莲田虽身负监视之责，心理建设却还不足以支持他共赴哀凄场面，但筥筱也宁愿他不要进去。

帐篷里，唐泽已经脱掉手套。脚边躺着盖起来的尸体。

"久等了。"

"哪里。"

"先说直接的死因……"

"不好意思，检视官，请先让我确认遗体。"

"哦，忍不住就依惯例行事了。失礼了。你请。"

唐泽后退了一步，这是对死者家属的礼节。平常笘筱以调查员身份查看尸体时，他是不会有这些顾虑的。

笘筱在尸体旁蹲下，缓缓掀开被单。

顿时，一种奇异的感觉扑上来。

除去周身衣物的尸体没有明显外伤。虽可见死后僵硬，但尸斑还未扩散，因此也看得出原本的肤色。中等身材，年龄大约是三十多岁接近四十。

重点是脸。

那是与奈津美一点也不像的别人。

"医师，不是的，这不是内人。"

唐泽先是呃了一声，然后瞪大了眼望着笘筱。

"真的吗？"

"再怎么样，我都不会认错老婆的脸。"

"可是根据事前报告，一濑说死者身上的驾照上面姓名和住址都跟你说的一样。"

尸体并非奈津美，笘筱先是松了一口气，同时感到失望。矛盾的情绪毫不冲突地并存，不是震灾死者家属只怕难以理解吧。

"请说说相验结果？"

"尸体是三十多岁的女性。如果相信驾照上的生日，就是三十八岁，但听了你的说法后驾照缺乏可信度，年龄就先不给明确数字了。依直肠温度推断死亡时间为昨天二十八日晚间十点至十二点，体表没有外伤，眼结膜没有点状出血。不过，尸体旁有剩下一半的瓶装柳橙汁和成药的铝箔片包装，有中毒死亡的可能。已经向气仙沼署报告必须司法解剖了。"

"成药？成药就能毒死人吗？"

唐泽说了一个无人不知的止痛药名。

"喝一百毫升就能达到致死量，倒进果汁就比较容易入口。最近相关案例慢慢增加。据自杀未遂者说，这是网络上介绍的不痛苦的自杀方式。"

"这名女性也是自杀吗？"

"现在还不敢说。无论如何都要等司法解剖的结果。"

问完必要事项，笘筱拦住在帐篷外等待的一濑，告诉他尸体是与妻子不相关的他人，一濑也大吃一惊。

"让我看看死者身上的驾照。"

了解状况的一濑离开帐篷，走向警方车辆。过一会儿回来时，手中拿着一个塑料袋，里面就封着驾照。

　　姓名　笘筱奈津美

　　昭和五十五（一九八〇）年五月十日生

　　住址　气仙沼市南町二丁目〇—〇

记载内容都是笘筱熟悉的。发照日期是震灾发生的前一年，这也与他的记忆吻合。

只是，照片是死者的照片，依旧是个陌生女子。

"没想到竟然是别人。让笘筱先生白跑一趟。"

"你没见过我太太，光看姓名、住址当然会以为是她。别介意。"

"这么一来，就产生别的问题了。"

从笘筱身后探头看驾照的莲田加入谈话。这当然不用说。这名女子究竟是谁？为什么冒用奈津美的名字？

"不过，这驾照仿得好真。会不会是只换了照片啊？"

"不，我想应该不是。"

笘筱毫不迟疑地否定。

"我太太总是把驾照收在皮夹里。皮夹和房子一起冲走了。就算有人捡到，也不可能这么干净。没吸饱海水污泥弄得脏兮兮的才奇怪。"

"那接下来呢？现在虽然知道不是一般自杀，可是如果只是伪造驾照，上面应该会说不用联合侦办。"

莲田边偷看一濑边说。笘筱很清楚他在想什么。言外之意是，这件事全权交给气仙沼署，笘筱就不要管了。

一濑似乎也明白他的意思，这位前同事也加入支援。

"是啊。详情要等司法解剖，但自杀的可能性很高，看样子我们署的人手就够了。"

没有必要主动去揭伤疤。他们两个就是这个意思。但他们如果不是没注意到妻子的个人资料，即个人资料被盗用触怒了笘筱，就是装作没注意。

"没有联合侦办的必要。一名女子自杀也不算重大案件。但是一濑，难道没有必要让驾照所有人的家属了解情况吗？"

"这个嘛，确实有必要。"

"所以，我不是以刑警的身份，而是以关系人的身份加入侦查的。当然，我会先征求县警本部的同意。有了这个前提，气仙沼署也就不会啰唆了吧？"

一濑露出明显为难的神情。

"笘筱先生开口的话，我们部长应该不至于拒绝。你与死者没有关系，加入也不会影响办案。可是……"

"可是什么？"

"笘筱先生，县警本部自己案子就不少吧，还有心力兼顾我们的案子吗？"

或许是知道内情，一濑一语直指痛处。县警本部下的仙台市虽是复兴得最快的地区，但在外县人口流入的同时，案件也增加了。搜查一课经常处于人手不足的状态，笘筱自己就一连多日在县警本部过夜。

"我的心力你就不用操心了。"

笘筱委婉抗议，以免场面尴尬。

"要是有人以你去世的父母的姓名招摇撞骗，难道你不会想抗议吗？"

笘筱这么说并不是故意要在一濑的伤口上撒盐，但这番反驳还是踩到了他的弱点。只见一濑难过地皱眉。

"你的反击还是一样锋利。"

"托你的福。"

"笘筱先生，你知道吗？你在县警本部要走的时候，高兴的人比惋惜的多。"

"大家都讨厌我嘛。"

"不是，大家是怕你。"

一濑半开玩笑地笑了，拿着装有驾照的塑料袋走向警方车辆。

"你一定也会想看解剖报告和鉴识报告吧？我会尽量跟部长说好话，不过笘筱先生你自己也要先打点一下。"

"抱歉，给你添麻烦了。"

"没关系啦。看到驾照那时候我就有心理准备了。"

等一濑走得看不见人，莲田以半同情半疑惑的神情看向他。

"就算顺利拉拢了气仙沼署那边，也不见得能说服石动课长啊。"

"这个，我会想办法的。"

说服石动这一关是躲不过的，但即使石动不答应，他也完全不会放弃。

一濑和莲田似乎很想将无名女子的自杀归为气仙沼署的案子，但笘筱可不这么想。

这是我的案子。

2

与莲田一同回到县警本部后，笘筱前往石动所在的办公室。

"根本是完全无关的人嘛。"

听了报告的石动看起来像是松了一口气。是因为不用看到不得不面对妻子尸体而深陷悲痛的部下吗？

"根本是完全无关的人反而令人担忧。"

既然要加入气仙沼署的侦查，最好获得石动的首肯。明明不是联合侦办却要插手分署办案，当然不能指望上司会爽快答应。然而，有没有他的一句话，这当中的差距何止千里。

"有人盗用内人的个人资料。"

"显然是。死者所持驾照多半是伪造的，但没有个人资料也无法伪造。"

"内人既不是名人，也不是名列金融机构名册的富豪，完全就是一个普通人。既然能拿到这样一个普通人的个人资料，恐怕还有其他类似的案件正在发生。"

"你说的可能性我赞成。遏止犯罪虽然是我们的任务，但现实中我们处理已经发生的案件就已经很勉强了，而且人手也不足，这次再加上你太太失踪，我想你一定很关心这个案子，但这不该由县警的调查员插手。"

他的反应一如预期，笘筱反而安心。

"只不过，如果气仙沼署寻求协助，我们也不能不回应。协助地方分署办案是我们的义务。"

以课长的立场声明最起码的义务想必已是尽他所能了，这也在笘筱的预料之中。

笘筱认为，石动之所以难以启齿，是因为同为东北人、同为警察，却有受灾与否之分。大家都能感觉得到，但不肯说出口，这是经历导致。

灾难并不公平。即使是规模那么大的灾害，也有人免于受灾。有人失去许多，有人一无所失。优越感与自卑感、同情与失意、安心与嫉妒之间，有着立场不同的精神对立。只不过是东北人特有的坚忍与礼节让他们绝口不提。

因为是人为无法避免的悲剧，一无所失的人对失去许多的人会有罪恶感。他们对于自己免于受灾感到心虚。虽是不合理又无意义的顾虑，但正因如此，也才能说是人类才会有的软弱。

石动家的公寓位于仙台市内，没有受到地震的直接损害，家人也没有受灾，纯粹是运气好。但由于他的部下有不少人是灾民，震灾当时人人都看得出他与调查员相处的为难。

"千万别搞错优先级。"

石动最后不忘叮咛。在讲人情的同时，也绝不忽视组织的纪律。笘筱不讨厌他这方面的顽固。

"我不会给一课添麻烦的。"

笘筱也以组织的纪律结束这次报告。以形式还形式，这是礼貌。

两天后，一濑来电。

"司法解剖的报告出来了。"

虽大可将报告本身数字化加以传送，但留下传送记录只怕会给一濑带来麻烦。

"我会找时间过去。"

笘筱努力提早完成手上的案件调查，好挤出时间。侦讯、查证等调查步骤，他完全没有偷工减料的念头，但在旁人看来只怕是工作过度了。莲田小声对他说：

"要是有我能做的工作，请不要客气地转给我。"

因莲田的好意，笘筱腾出了一点时间，便立刻赶往气仙沼署。

"就和唐泽检视官的看法一样。"

笘篠甚至没有耐心听一濑说明便看了解剖报告。要点如下：

（1）直接死因为循环障碍。

（2）胃内部有轻度溃烂，显示药物是口服摄入的。

（3）解剖时，自胃与肠内容物、骨骼肌、脂肪组织采样进行药物分析。先以Triage进行快速检验后，正式检验则采用薄层层析法。

（4）分析结果，自样本中检测出苯吡唑咔类（氨基比林）物质。

"毒药物详述也拿到了。苯吡唑咔会抑制中枢神经机能，里面的成分会造成嗜睡到昏睡的意识障碍、呼吸困难、循环障碍。大量使用时会呈昏睡状态，导致死亡。"

"成分和尸体旁的成药一致吗？"

"是的，完全吻合。我知道药与毒只是分量的差异，但现实中这么危险的药竟然到处都买得到，实在有点吓人。这款药现在仍在狂打广告不是吗？"

一濑的手指弹了弹铝箔片的现场照片。

"铝箔片上只有本人的指纹。尸体所在附近只有本人的脚印。死者本人在晚间十点至十二点这段时间内，独自来到海岸服毒自杀……这是我们署的判断。"

对照现场状况和解剖报告，这是理所当然的判断。但问题的本质不在于此。重点是，自杀女子的真实身份，以及她是从哪里得到奈津美的个人资料的。

"我们将死者的指纹输入数据库比对，但没有符合的。"

"所以至少没有前科。"

"署里的方案是公开脸部照片，收集资料。"

"查出伪造驾照的出处了吗？"

"这方面的分析也出来了。看样子是用3D打印机做的，里面没有芯片，不过其他部分都和真正的驾照一模一样。这年头就连业余的也做得出这么精巧的伪造品，我们警察实在很难当了。"

一点也没错——笘筱也赞成。犯罪的手法随着科技进步日新月异。相对地，警方的办案能力通常都晚一步。当警察终于累积了知识，对手就引进更新的科技。这打从一开始就像是以追赶的那方不利为前提的你追我跑。好比现在，市场上3D打印机品牌、种类泛滥，科搜研却仍未建立起分析追踪各3D打印机的方法。所以就算知道驾照是3D打印机做的，要循线找出使用者也有困难。

"死者都冒用别人的姓名住址了，所以明知道可能性很低，我们还是比对了在案的失踪者，果然也没有。把资料传给警方的牙医，想看看能不能从齿模来查，但那边也没有线索。"

"能不能从她自杀当天的行踪查出什么？"

"她不像是本地人，目前正在向出租车车行和气仙沼站的站务员询问，但现阶段还没有关于她的目击消息。"

也就是什么都没有。这样的话，说出自己的想法应该不至于惹人厌。

"我有个很单纯的疑问。"

"请说。"

"先不管自杀的原因，一个想服毒自杀的女人为什么会选择海岸？一般不都是会选自家或酒店吗？就算夜再深，也不知道在海岸会遇到谁。这一点，在室内就不会有人妨碍了。"

"也许刚好她的状况与无家者相差无几？"

"死亡时她身上有多少钱？"

"钱包里剩下两万六千七百五十元。"

"有这些钱住商务酒店不成问题，她却选了海岸。为什么？"

被问的一濑一时陷入沉思，后以一副想不出合理回答的样子摇摇头。

"我不是很懂女人心，但我猜会不会是那里对她本人来说是个回忆之地？"

"不懂女人心这一点我也一样。我也这么想。"

"可是，我们的人现在正在现场周边访查，目前还没有问到认识她的居民。"

"认识她的人可能都被冲走了。"

说完后，笘筱自己都感到难过。那次大海啸冲走的不只是人和民宅，连记忆也一并夺走了。

"这是我的直觉，但我认为自杀的女子和气仙沼一定有什么关联。"

"我也这么想。"

"说得不客气一点，要是死者本人曾因什么嫌疑被逮捕过就好了。"

"可惜个人识别系统竟然是警方的数据库，这种事除了讽刺还能说什么呢？"

"我以前就住那一带，也还有认识的人在。可以由我去访查吗？"

"就算我说不行，笘筱先生也不会死心吧？我们很难禁止以前的居民和左邻右舍闲聊啊。"

"抱歉。"

留下这句话，笘筱离开了气仙沼署。

双腿自动前往自己的家曾经的所在地。由县道26号线北上，过了大川，经过观音寺，越靠近海岸，各处空地便越醒目。

气仙沼市南町。

从那天起，笘筱便很少再来了。很多失去家与家人的人每天都来这里报到，笘筱却因公事繁忙，一年顶多来个一两次。

不，忙只是借口，是他不敢面对痛苦的现实。

南町在气仙沼市里也是灾情特别惨重的地区之一。居民中有人仿效美国九一一现场，将此地命名为"气仙沼 Ground Zero（原爆点）"。

继去年才开幕的紫神社前商店街之后，南町海岸正在建设两层楼的商业设施以作为观光交流据点。海岸那一侧则是整片广袤的空地，空旷的沙砾碎石上冷冷清清的几辆重型机具，令见者倍感荒凉。

过去，笘筱的家就在这里。

过去这里民宅与商店交错，有着港口市区特有的热闹。尽管绝不奢华花哨，生活却也随着渔获时喜时忧。身为警察的笘筱的一家也与地方的气氛同化。

那个家，如今连同地基一起消失得无影无踪。

站在连家家户户的分界都没有的沙地上，笘筱抵抗着席卷而来的无常之感。许久未曾造访又唯有自己一人独活，这两件事化为自责，重重地压在他的肩上。

他伫立片刻，自然而然便屈膝蹲下。

妻子奈津美与独生子健一。健一还是个连话都不会说的幼儿。像这样站在遗址前，两人无论如何也挥之不去的面孔便浮现在笘筱的眼底，久久不曾消失。

那天早上交谈的一字一句声声在耳。

"差不多该准备拍照了。"

笃筱忙着将太阳蛋往嘴里塞时，奈津美对他说。

"拍什么照？"

"这还用问吗？当然是健一的周岁纪念照。"

"有必要拍那种东西？"

"当然有，一辈子只有一次呀。"

笃筱第一个反应就是嫌麻烦。他本来就不是个爱拍照的人。毕业典礼就不用说了，就连当初警察授阶时都没拍。现有的照片就只有结婚照。

"在家门口拍吗？"

"你在说什么呀，是去照相馆请人家拍。喏，就同一条路上的佐藤照相馆。再不预约就约不到了。"

"去相馆拍既花钱又花时间。"

"价钱有很多种，不过不管哪种价钱，时间好像都差不多。听说都是一个小时左右。"

"我现在很忙。"

平常那句老话不禁脱口而出，想逃避麻烦的家务事时的固定说辞。

"我手上有五个案子。又不知道什么时候能休假，就算在休假也会突然被召集。要是去相馆拍，你们自己去拍就好。"

奈津美的脸色不禁变了。

"那是孩子的纪念日。全家福里没有父亲,人家还以为我们是什么家庭。"

"就说是警察家庭。这样绝大多数的人都能理解。"

"这跟别人有什么关系!"

这次奈津美一反常态,不肯让步。

"你平常跟健一相处的机会就很少,现在连照片都没办法一起拍? 那我们不就跟单亲家庭没两样吗?"

"单亲家庭里你怎么当全职主妇?"

奈津美的表情僵住了。笃筱顿时后悔自己踩了雷,但已经来不及了。

"你觉得只要带钱回家就没事了?"

"我没这么说。"

笃筱很清楚再说下去肯定会吵起来。

"我工作是为了家庭。"

"那你的优先级到底是怎样的? 摆第一的是家庭,还是工作?"

"当然是家庭啊。"

"那拍照才一个小时,怎么样都找得出来吧?"

彼此的话都尖锐起来。加上他赶时间,话都说得简短,无论如何,就是比较冲。

"那一个小时是能不能逮捕犯人的关键。"

"犯人和健一哪个重要？"

"这怎么能拿来比？你以为我们家是靠谁才有饭吃，不就是因为我认真工作吗？"

"话是没错，可是小孩的事你什么都没做。"

"我在外面工作，家里的事是你的工作啊！"

"你是要我一个人负责？你这样还叫父亲吗？"

"够了。"

笃筱有预感，再继续下去两人只会从动口变成动手。他半逃避般离开了厨房。

笃筱迅速穿戴好来到玄关，奈津美从后面追上来。

"有必要这么赶吗？"

"时间和人手都不够，要我说几次你才懂。"

"至少看看健一再出门。"

"我走了。"

走出家门时，他头也不回。

这就是他和奈津美的最后一次对话。

谁能想到，那些针锋相对的言语会是他们最后的交谈？笃筱无数次后悔。负气的话竟成了此生的诀别。话不能重说，也无法从记忆里消失。最糟的话语刻画出最糟的场面。

多希望至少最后一刻是笑着的。

多希望至少最后一句话是心平气和的。

但是，覆水难收。

蓦地，笘筱明白了。自己执着于奈津美生死的原因之一，一定是想修正那天的对话。因为以那种形式与奈津美和健一诀别，太令人难以承受了。

他茫然地望着空地，眼前骤然发热。

不妙。

尽管四下无人，他还是匆匆站起，抬头看天。

看到的不是震灾那天的灰鼠色，而是万里无云的晴空。

那天，笘筱通过电视荧幕目睹了海啸袭击气仙沼湾岸的情景。熟悉的风景一一被浊流吞没。笘筱家也在被冲走的房舍当中。至今海的那片黑仍深深烙在眼底。

可恶！

无论何时大自然都无视人心。

翻腾的思绪好不容易平静下来，笘筱沿着来时的路折返。

自杀女子的处境至今不明。既然选择自寻短见，肯定有值得同情之处。

但唯有假冒奈津美之名这一点，他无论如何都不能原谅。

3

翌日刚好轮休，笘筱再度回到南町。

气仙沼署的调查员想必已经来访查过了，但被访查的人面对熟人和陌生人的反应会有所不同。更重要的是，在同一町身受同样灾害的同侪意识应该会让他们更愿意松口。

笘筱首先造访的是位于海岸附近的理容店——"佐古理容店"。由于就在自家附近，笘筱以前也是常客。

店面虽是铁皮屋，但进去一看，理发椅等用具一应俱全。

"哟，这不是笘筱先生吗？"

从里面出来的佐古一看到笘筱，便高兴地笑了。

"有七年不见了吧？"

"好久不见。"

房子被海啸冲走后，笘筱在附近徘徊，寻找奈津美和健一，他找了一周的时间。后成为临时遗体收容所的"Spark气仙沼"室内槌球场他也只去了一次，待两人被视为失踪人口后便投入日常工作。因为与寻找两人的遗体相比，查缉犯罪的工作不必承受精神上的痛苦。

那时的笘筱选择了逃避。

返回工作岗位是义务，但他得到了义务这个免罪符，再加上政府提供了公家宿舍，于是他便没有再回南町。

"没想到您又重开了理容店。"

"因为别的我也不会。再说，房子和土地一没，人只会荒废。"

若要新建铁皮屋、张罗用具，光靠国家的补助应该不够吧？笕筱心中出现这个理所当然的疑问，然而或许是早已习惯这类话题，佐古不以为意地吐露内情：

"房子全毁了，政府以生活必需品和搬迁费用的名义给了两百万。其他的，就借啊。"

佐古应该已年过六十。这个年纪不惜背负新的贷款也要继续住在南町，需要不小的决心。笕筱对佐古心生敬佩。

佐古失去的不止店铺。以前"佐古理容店"是夫妇一起经营的。二〇一一年三月十一日星期五，佐古留妻子看店，到三日町办事，此举决定了夫妻的命运。

笕筱与佐古同样都失去了妻子。但佐古这边，尽管妻子的尸身完全变了样，但好歹是找到了，佐古至少还能死心。至于死心是幸还是不幸则另当别论。

"那之后，我就被调到县警本部了。"

"那算是警方的无情，还是温情呢？"

留在受灾地努力复兴，与移居他处展开新生活，同样都是生还者的义务。如何选择当然由本人自行决定，但笘筱现在的工作是被县警的人事命令推了一把。

"县警那边受灾的人也不少。"

"如果是酌情安排的人事的话，算是很有心了。"

佐古的说法很"中性"。他还是老样子，不会把话说死。

"今天怎么啦？难不成是又调回来了？"

"不，是为了工作来的。前几天，在过去的海岸那里不是发现了一具女尸吗，我在找生前见过她的人。"

佐古低低地"哦"了一声，请笘筱上理发椅。

"不了，我在值勤中。"

"你最近照过镜子吗？乖乖坐好。修一下胡子就好，不收你钱。别的不说，你不坐下来，我都不知道怎么说话了。"

若因拒绝坏了佐古的心情，反而不利于问讯，笘筱便老实照做了。

从人中到脸颊，再到下巴，都被涂上一层刮胡膏，再盖上热腾腾的湿毛巾热敷。久违的快感让表情肌差点儿欢呼。正感到外面的空气好像冷却了充分润湿的脸颊与下巴时，便又再次被抹上温热的刮胡膏。

"警察真的是个个儿都好守规矩啊。发现尸体当天气仙沼署的刑警就来过了，问我有没有看到这个人。气仙沼署的刑警先生到处问是当然的，可是笘筱先生怎么会来啊？"

笘篠本想装傻，但剃刀抵在脸上，无法好好出声说话。

“你刚说是工作。如果是单纯的自杀，会惊动到宫城县警的刑警吗？是不是死去的女人和你有关啊？”

“不是的。”

笘篠算好剃刀离开脸颊的时机，简短回答。

“那……是为什么呢？你都七年没回来了，突然想念就跑回来？”

“气仙沼署的调查员只给您看了女子的照片吗？”

“还说了穿着和体形。”

刀刃再度贴上皮肤。

“被发现的时间说是清晨五点嘛。我不知道她是什么时候死的，但那样的话，八成是前一天晚上到当天早上这段时间到海岸的吧？如果马路跟以前一样都是卖吃的卖酒的很热闹，也许深夜里还会有客人看见她，可是现在是这个状况啊。”

目前在海岸前开店的酒馆只有一家，而且到了深夜，店铺和民房都很少的南町肯定连行人都没有。

“我在这里帮人理发三十年了。住得近的，就连搬走的我也几乎都记得。所以我想我的话还是有点可信度的。”

佐古拿开剃刀，给笘篠发言的机会。这么一来，笘篠便有几分受到拷问的感觉。

“来，说吧。笘篠先生怎么会参加调查？”

"名字被盗用了。"

佐古知道笘筱的家庭成员，告诉他也无妨吧。

"死者用了我老婆的姓名，住址也是我在南町的家。"

"那我懂了。"

不愧是老师傅的技术。剃刀一滑过皮肤，从接触空气的部分就知道在剃哪里。

"所以你是在找她和你太太有没有关系是吗？"

"佐古先生对照片里的女子有印象吗？"

"没有，从来没见过。"

"很多人的证件照和本人给人的印象是很不同的。"

"别小看服务业啊，尤其我还是理发的。我可不会因为别人换个发型就认错人。那女的，至少没住过南町。除非她整整三十年都关在家里，一步都没出门，那就另当别论。"

剃刀之后，满沾须后水的手将剃过的地方一一抚过。笘筱被那双又大又软的手抚摩着，仿佛皲裂起毛的心都被抚平了。

"谢谢您的协助。还有，胡子也谢谢。"

"这种事，外人实在不好插嘴。"

佐古边用毛巾擦手边自言自语般低声说，"不过笘筱先生是不是不要太深入比较好啊？"

尽管话不多，但笘筱明白佐古的言外之意。

"怎么说呢，一直放不下不在的人不是好事。不过，也许我是因为老婆很快就找到了，才能说这种不负责任的话也说不定。"

"我一点也不认为您不负责任。谢谢您的关心。"

"叫刑警不要调查，就等于是叫理发师不要理发一样。唉，真的，一个人的啰唆也要有限度噢。"

笘筱倒认为这不是啰唆，而是同病相怜。

"总之，死在海岸的女人跟南町没有渊源。这一点我很确定。"

"感谢。"

"我说啊，笘筱先生，"佐古的声音追上了笘筱打开了门的背影，"你一定觉得我很啰唆，可是你别再自责了。曾经住在我们这里的人，大家都一直在怪自己。别再去揭好不容易结起来的痂了。"

落在背上的这几句话透进五脏六腑。笘筱小声答好，走出了理容店。

离开之后，他又去了以前也常去的中餐馆和居酒屋，但他们也都说前一天和当天都没有看到那名女子。访查没有收获，但更令笘筱难以承受的反而是各家店主和佐古一样的安慰。

虽然片刻不忘无名女子的事，但笘筱的立场仅仅是从旁协助。今天他也为了调查其他案件一边开着便衣警车，一边思索着女子的身份。

尸体发现都已快一周了，死者身份的调查却迟迟没有进展。他们通过媒体公开了照片，仍未得到任何民众的通报。二〇一八年一月一日，仙台市的人口为一〇八万七〇九一人，全宫城县则多达二三二万八九三人。要从中找出一个人的身份，形同大海捞针。

据唐泽的相验，死者的牙齿有治疗过的痕迹，原本期待能从这方面得到线索，但至今牙医警察尚无回应。震灾之际，病历对确认身份虽有重大贡献，但病历的保管年限是最后诊疗日起的五年。无名女子若是在更久之前治疗的，病历便很有可能已经被销毁了。

笘筱早就料到以随身物品追查身份会有困难。毕竟无名女子的随身物品只有手表，包里连手机也没有。从解剖的结果来看，自杀的可能性很高。若是自杀，就很可能将手机在内的持有物视为对此生的留恋而加以丢弃。目前，气仙沼署的调查员在南町一带搜索，但没有发现属于无名女子的物品，连一支口红都没有。

要是能找到手机就好了——想必气仙沼署的调查员也与笘筱有同感。通过手机资料会查出身份，询问相关人士便能了解死者自杀的动机。这年头手机承载了大量的个人资料，是一个人最大的身份证。换句话说，没有手机，很难查明一个人的身份。

没想到要查出一个人的身份竟如此困难。正觉得棘手时，旁边开车的莲田看着前面对笘筱说：

"关于那个在海岸发现的女尸啊……"

笘筱默默点头。长时间一起工作，有时光凭脸色和气氛就能知道对方的想法。也许搭档和夫妻很像。

"已经一周了哦。"

"是才一周。"

或许这说法听起来像在逞强，只见莲田苦笑一下。

"有时候我也会想，人的身份来历这些，其实很容易一下子就查不到了。身上没有东西，数据库里也没有资料。本人的尸体明明就在眼前，可是到现在，我们却还连她的本名都不知道。"

"光存在是不行的。"

"哪里不行？"

"要被视为一个有名有姓的人，光是身体存在是不够的。记录和记忆缺一不可。要有证明她存在的官方记录，也就是根据户籍发行的各类证明。还有其他人看过她、和她说过话的记忆。没有这两项，就算人活生生站在这里，她也不存在。"

"……笘筱先生有时候会说些很有哲理的话呢。"

"这不是哲理。眼前这具被发现的女尸就是因为没有记录和记忆，所以明明有身体，也无法证明她的存在啊。"

而且，也有相反的情况。

奈津美和健一都没有从那一天回来。但在住民票¹上他们还生存着，更重要的是，笘筱记得他们两人。只要有记录和记忆，他们就能永远存活。

"对了，南町的访查有进展吗？笘筱先生也去了吧？"

"算是吧。"

"算是……真不像笘筱先生会说的话。"

不但没有任何成果，还一直被访查的对象安慰，实在令人无地自容。笘筱要撑起颜面已经很勉强了。

"南町海啸灾情惨重，现在还继续住在那里的居民说法都一样。他们都不认识死者，前一天也都没有看到她。虽然她选择了海岸作为临终之处，但她不太可能是当地人。"

"可是我觉得她选择死在海岸，一定是有原因的。"

"既然一个与南町没有渊源的人选择死在海岸，就会出现别的疑问。女子的死亡推定时间是二十八日晚间十点到十二点，她走过海岸前的马路时，店都打烊了，而且那边连路灯都没有，应该几乎是全黑的。一个外来的人如何在陌生的地方抵达海岸？我先声明，指示海岸方向的那类标示在那个时间都淹没在黑暗中，

1　日本各地方政府为管理当地居民当前居住地的证件。以个人为单位，记载有姓名、性别、出生日期、住址、本籍等资料，是国民保险、国民年金、儿童津贴等社会福利的依据。与户籍不同的是，户籍记录的是亲属关系，如父母、出生、婚姻等，住民票则证明居住关系。

派不上用场。"

"闻着海潮味之类的?"

"海潮味满街都是。听海浪声的可能性也很低。死亡推定时间期间海岸风平浪静。"

"……我投降。笘筱先生已经有假设了吧?"

"哪儿来的假设?不管是鼻塞还是戴耳塞,能指引路径的好东西,你不是也有吗?"

"哦,手机啊。可是,尸体没带手机啊。"

"不是在去海岸的路上丢了,就是扔进海里了。那个年纪的女人不可能连手机都没有。应该是在哪里处理掉了。"

"假设她是用手机导航到海岸的话,就很有可能是扔进海里了。"

"对于一个女人能把手机丢多远的看法我们见仁见智,但就算要找潜水员也应该要打捞海底。我听说气仙沼署并没有做得这么彻底。"

"我想也是。现场周边只有本人的脚印,死因又是服毒。他们应该不想把钱和人力花在查自杀原因上。"

既然气仙沼署不想,那就我自己来潜水——正当笘筱想到这个无厘头的主意时,胸前口袋的手机响了,是气仙沼署的一濑打来的。

"喂,我是笘筱。"

"我是一濑。现在方便吗？"

"随时都方便。"

"那个自杀女子的案子，有民众通报了。说可能是在他们店里工作的。"

在南町的访查和手机的事，瞬间从思考中消失。

"真的吗？"

"刚接到的通报。我现在正要去找通报的民众，想着先跟笘筱先生说一声。"

"我也一起去。"

笘筱完全没考虑到莲田就在身边，当下便脱口而出。

"告诉我地点。"

"在气仙沼市内。"

笘筱记住了一濑说的住址，发现没问重点。

"她在什么店里工作？"

"应召站。"

这个回答又一次扰乱了笘筱的心。

挂了电话后，莲田说道："笘筱先生这次真的跟平常很不一样。"

"抱歉，把我在最近的车站放下来。课长那边我事后再报告。"

"你要跟气仙沼署的人会合是吧？搭车转车会来不及的。我陪你去现场。"

"抱歉，这个人情我一定……"

"在工作上还对不对？求之不得呢。请赶快把这个案子解决，恢复正常运作吧。"

一濑说的住址是气仙沼市赤岩杉泽，外环道路附近的复合式商业大楼。竟然就在气仙沼署附近，笃筱心想，所谓"灯下黑"就是这么一回事。

他们与很讲义气地在大楼前等的一濑会合。

"没想到特种行业就开在离市政府这么近的地方。老板不是胆子特大，就是脑子特笨。"

"因为所谓应召站也只是派遣应召女郎，没有店铺啊。这栋大楼里的也只是办公室而已。"

放眼望去，远处还有中学校舍。

办公室位于大楼的三楼。门上挂着一个大小不太起眼的廉价牌子"贵妇人俱乐部"。

迎接笃筱等人的是老板兼店长，一个名叫栗俣友助的男子。他姿态放得很低，斯斯文文的，白衬衫打领带的样子，看起来和一般上班族没有两样。

办公室大约有一房一厅的大小，既没有应召女郎的照片，也没有高唱"高收入、无经验也可"的征人海报。一张办公桌，三张椅子，这个简陋得不能再简陋的房间就是栗俣的城池。

"因为震灾，我工作的水产加工公司倒了。"

栗俣瞬间失业，但幸好有积蓄，所以起意创业。

"遇到那种灾情以后，我实在受够靠海赚钱了。"

"可是从水产加工到特种行业，转得好远啊。"

这时候主持局面是本来便负责此案的一濑的工作，笘筱完全担任辅助。

"我想很多局外人会想象要和反社会势力什么的周旋，然后就退缩了，可是这一行只要有一间办公室、一条电话线、一台电脑就能开业了。申请好无店铺型特种行业执照，做好网站，再来就只要征人和登广告就行了。"

"听你说得好像很简单。"

"门槛是不怎么高。不过开业以后才辛苦。能不能成功，就要看在维持女孩水平的基础上能打出多少特色。"

"'维持水平'嘴上说是很简单，可是要一个个教服务内容不是很辛苦吗？"

"又不是我来手把手地教。如何应对和那方面的技巧都要看女孩自己。而且，只要录取面试时印象好的女孩就行了。"

如此乐观的说法反而启人疑窦。一濑似乎也是一样的感觉，询问的语气尖锐了些。

"听你说的，好像来应征的人源源不绝似的。"

"是真的源源不绝啊。开业之前，我也没料到会有这么多女孩来，不过听同行说，这是在震灾以后一下子变多的。海啸不但冲走了建筑和人，也冲走了工作。"

直白的说法反而使他的话更有冲击力。餐饮与性相关产业的需求一直存在。当一个城市的主要产业呈毁灭状态，这类职业吸引某些女性投入也理所当然。

"您通报的那名女子也是其中之一吗？"

"哦，对对，几位是为NAMI来的吗？不好意思，忍不住就说起自己来了。"

NAMI似乎是无名女子的花名。明知道不是，听起来却像以花名亲昵地叫自己的老婆，笞筱不禁心生反感。

"我看到公开的照片，就想起来了。面试的时候，为了确认是本人，我都会请她们出示驾照和住民票，公开的照片就跟我那时候看到的照片一样。"

"住民票的地址呢？"

"我想和驾照上的是一样的。因为如果不同的话，我应该会当场问她才对。"

"她有带履历或其他文件来吗？"

"应征这种工作是不用履历的。一般来面试之前她们都会先来电洽询，我会告诉她们只需要带能够确认是本人的证件和住民票就好。"

"面试的时候会详细询问个人资料吗？"

"为了排班表、决定出场次数，我会问来应征的理由和可能排班的时间。NAMI说她因为震灾失业，又是单亲妈妈，就更需要生活费。她说她白天没有工作，所以是一周五天的全天班。"

"她是什么样的人？会主动提起自己的私事吗？"

一濑为何会这么问，不需要多做解释。他的用意是希望能从日常对话中找到女子真实身份的线索。然而，这番尝试也是徒然。

"感觉不是很爱说话。而且一旦录取，工作就是用电话或短信联络客人的地点，她们不太会进办公室，所以几乎没有说话的机会。什么样的人啊……嗯……虽然有时候会临时取消预约，或是和客人发生一点小摩擦，不过都在这一行的容许范围里，所以没什么值得特别留意的——希望尽快找到其他工作的态度很明显。不过，这一带没有比这一行好赚钱的工作，所以有苦衷的人不会走。"

既然她冒用了奈津美的名字和住址，自称单亲妈妈这一点也很可疑。

问题终于进入核心。

"五月二十八日她有班吗？"

"请稍等。"

栗俣从办公桌上的柜子取出档案夹，翻开。看样子是在查当天的预约。

"啊，有。五月二十八日下午有两个预约。两次结束都有回报。"

"最后派遣是几点的预约？"

"晚上七点。地点是市内的商务饭店。回报结束是在晚上九点。"

笘筱与一濑对望一眼。假设她晚上九点接完客之后直接前往南町的海岸，算起来便与死亡推定时间晚间十点到十二点吻合。

"有客人的联络方式吗？"

"这种预约大多用的都是假名。手机号码也不知道是不是永久的。"

"没关系。请协助办案。"

栗俣犹豫了一会儿，但似乎判断既然从事特种行业，别惹警方才是上策。只见他说服自己般点点头，将档案夹递过来。

"资料由我们提供一事，请务必保密。"

保密当然没问题，但与应召女郎偷欢一旦被第三者知道，应召站就免不了被客人怀疑。虽然能理解栗俣的立场，但也不得不说这是强人所难。一濑也明白，因此没有多说便直接抄了档案上的资料。

"NAMI是自杀的吗？"

栗俣忽然抛出问题。早一步反应的是笘筱。

"您为什么认为她是自杀的？"

"只是纯粹觉得她不像是会招惹别人的人。"

栗俣的语气从头到尾都一样，一本正经。

"她有说过有自杀倾向的话吗？"

"完全没有。只是啊，这个社会虽然很开放，可是会来特种行业的女孩多半还是有苦衷的。NAMI长相平平，也不是那种特别亲近人的人，或是特别喜欢这份工作的人。这样一个女孩不得不一周排五天班，其他女孩也差不多。要是有别的条件好的工作，我想她是绝对不会来敲这里的门的。我有时候也会从同行那里听说东京业界的逸事，什么赚零用钱啦、兴趣与收益兼具啦，跟灾区比起来简直像别国的事。"

栗俣话里话外透露出不甘和审视。灾区人的哀怨跨越了取缔方与被取缔方的立场传了过来。

"好几个应召女郎去了东京。很多人因工作到了东京，那几个女孩等于是跟着去的。东京到底是有多好啊。"

尽管没有明言，但栗俣对自称奈津美的女子之死愤愤不平。他应一濑的要求提出客户资料当然有职业上的考量，但他本身的义愤或许也是推了一把的力量。

坐进一濑开来的便衣警车，两人一起看了栗俣提供的资料。档案里记载的资料如下：

1. 下午三点到五点　田中先生

电话080－○○○○－○○○○

格兰帝酒店625号房

2. 晚上七点到九点　山田先生

电话090－○○○○－○○○○

气仙沼旅栈414号房

"田中、山田，这种名字摆明了就是假名啊。"

"叫小姐会用假名，但几乎所有的人在酒店用的都是本名，也可以用电话和酒店做比对。"

"但愿如此，不过笆筱先生那边不要紧吗？你要帮忙我们完全没问题，可是县警本部的案子也不少吧？"

"不用担心我。"

笆筱边这么说着，边注视档案的资料。田中和山田，这两个人是最后与那个女人接触的人。根据栗俣的说法，那个女人在生活方面有困难，但没有要自杀的样子。若她是在死前不久才决心自杀的话，与这两个人有关的可能性就很高。提供性服务的她向最后的客人说了什么，客人又对她说了什么？

冒用姓名与住址、靠卖身度日的女人不得不自绝性命的原因究竟是什么？

笘篌越想越认为这个问题的难度不亚于追查杀人案真凶。

4

翌日，一濑又来了电话。

“查出无名女子买止痛药的店家了。”

接到电话时，笘篌刚结束对某强盗案嫌犯的侦讯。手上同时有好几个案件是家常便饭，但无名女子的案子对笘篌而言毕竟是特别的。

“是幸町的一家药妆店。她买的时候正要打烊，而且就买了一盒止痛药，所以店员也记得。我确认过传票了，商品名称也一致。”

“喂，幸町不就是……”

“是啊，她最后接客的气仙沼旅栈的所在地。她一出旅栈就直接去买止痛药了。”

或许是笘篌多心，一濑的语气听起来似乎很开心。死者自行买药在无人的海岸服用，有了这样的查证，自杀几乎可说是确然无疑。对气仙沼署而言，就是解决了一个案子，调查员的负担也随之减轻。

然而，这个案子在笘篌这里还没有结束。无名女子是如何取得奈津美的姓名和住民票的？以及，是什么逼她走上了绝路？只要这些谜没有解开，对笘筱而言案子就还没有了结。

"不好意思，在你刚了结一件案子时这么说，我想去向当天的客人了解状况。你着手调查田中和山田在饭店登记的资料了吗？"

略略停顿后，那边才有回复。

"……向格兰帝酒店确认过了。田中果然是假名，在饭店登记的是本名。"

"本名叫什么？"

"荻野雄一，住在陆前高田市小友町，四十五岁。"

"你打过他的手机了吗？"

"还没。"

这样反而更好。让别人去追查无名女子的真实身份，笘筱总有隔靴搔痒之感。

同时他也不能丢下手中现有的案子。从石动对待自己的方式中，他也知道自己深受倚重。他无意奉承上司，但也无意故意唱反调。在一年到头都人手不足的搜查一课，笘筱被地方分署的案子拖住，就意味着本来应该负责的案件处理进度会有所延迟。

于是便产生公私无法兼顾的状况，按理说本来应该只能牺牲其中一边的，但这次笘筱就硬是不按常理走。

"知道荻野在哪里上班了吗？"

"目前只知道住家。"

"我想一早过去。你能一早起来吗？"

再次停顿之后才有回复。

"……就算我说不能，笘筱先生也不会死心吧？"

"不勉强。"

"其实就等于在勉强了啊。我知道了。明天一早，我会开车到宿舍。"

"抱歉啊。"

"这次笘筱先生一直道歉欸，这样不像你啦。"

结束了通话，笘筱才发现那是一濑式的讽刺。

第二天一早，笘筱上了一濑开的便衣警车，直奔陆前高田市小友町。陆前高田市与气仙沼市同样灾情惨重，而复兴的工程也同样中断了。震灾当时，海啸摧毁了包括市政府在内的市中心，八〇六九户住宅中，全毁、半毁者超过半数，多达四〇四一户。灾后虽规划了大规模的土地重划与重新开发，但进度不如预期。多数地点是了无生气的沙土色，临时住宅比新建筑还醒目。

堆起的高台与来往的重型机具象征了希望，但被其他建设抢走了劳工的工地上吹着萧瑟的寒风。

沉默降临在望着车窗外的笘筱与一濑身上。这幅光景当前，无论说什么都显得有些虚空。

"真的是一转眼的工夫。"

一濑喃喃吐出一句。

"这一带的建设计划预计在二○二○年度完成。以近十年的时间建设新市镇。但要是再来一场前所未有的海啸，一转眼就会全毁，简直就跟海滩上的沙雕一样。"

笘筱心想，难不成他是被前几天栗俣的诅咒传染了吗？

不，不是的。

凡是经历过震灾的东北人，都对大自然怀抱着绝望与虔敬之心。无论耳中听到多少复兴工程的噪声、眼睛看到多少崭新的建筑，无常之感仍如影随形。因为切身感受过大自然的瞬间破坏力，才会觉得"永续"这两个字骗不了人。

笘筱对一濑这番话无言以对，默不作声，像是全面赞成。他也不愿如此，但无论说什么都没有意义。

"荻野是住在小友町吧？"

"小友町的第二临时住宅区。"

笘筱终于明白这一路开车的一濑为何快快不乐了。

陆前高田市小友町獭泽第二临时住宅区，一般称为莫比利亚临时住宅。在原为露营车营地的用地内，建有一○八户临时住宅。由于原本是露营车的露营区，每一区都有完善的水电、下水道，震灾后便作为避难所。

荻野是那个住宅区的居民。栗俣说无名女子因震灾失业，换句话说，就是因震灾失业的女子向因震灾失去家园的男子卖春。

那画面于情于理都令人感到难以承受。

上午七点，荻野还在家。满脸的胡楂儿与身上的鲔鱼肚多半是独居养出来的。

"荻野雄一先生？"

这次由笘筱负责提问。一开始，荻野对警察上门只是感到讶异，一听到"贵妇人俱乐部"就慌了。

"那家应召站是违法的吗？我没有真的做哦，只是请她帮忙按摩一下而已。"

都找了应召女郎了还说什么只有按摩的。笘筱暗自苦笑，仍仔细观察对方的表情变化。

"下午三点到五点，是一位名叫NAMI的女子接客对吧？这位NAMI小姐，第二天被发现死在气仙沼市的海岸。这件事您知道吗？"

看来是没听说，只见荻野眼睛睁得好大。如果是装的，那可真是演技精湛。

"我不知道啊！你们该不会因为我是客人就怀疑我吧？"

"请放心，您没有这样的嫌疑。我们想知道的是这位NAMI的来历。她是在哪里出生的，至今过着什么样的生活，在服务你的这段时间，她有没有提到这些？"

笘篠仔细解释，于是荻野终于明白了警方的来意。

"请坐吧，虽然很乱。"

这不是客套话，这里真的很乱，所以笘篠和一濑留意着脚边的东西在地板上坐下来。

"两位是气仙沼署的刑警吧？"

"是啊。"

"你们一定觉得住在临时住宅的人还去找小姐很不像话对不对？"

"您自己赚的钱，要怎么用是个人的自由。"

听到警察如此宽容，荻野似乎放心了，小小嘘了一口气。

"所谓的来历，就是她的出身那些吧？"

"你买了她两个小时。两个小时的时间很长。其中当然也有没交谈的时候，但不说话撑不了那么久，从事服务业的女子都会一定程度的话术。就算有内容幅度和技巧高下之分，但一般为了和客人聊得开心，都会提供各种话题吧？"

"呃……请等一下。"

荻野像是要回想和她的对话般闭上眼睛。

"NAMI进房来……说今天很闷，她流了汗，想马上去冲澡。所以她先去冲了澡，然后说明服务选项，然后就……那个，依照流程来。"

虽然不需要了解办事的实况，但不从办事说起，荻野似乎无法回想起对话。笘筱选择默默倾听。

"我们就互相夸对方的身体，NAMI很白，我问她是不是秋田人，她说她是本地人。"

"本地人。明确是哪里？"

"她说，从有记忆以来她就在北关东和东北来来去去的。又说，东北的冬天是很冷，但北关东的风也很难挨。我没踏出过东北，竟然有地方的冬天跟我们这里一样难挨，这让我很感兴趣。"

无名女子曾住过北关东，这是新情报。当然，不能否认她有对客人编故事的可能，但她提到了北关东干冷的落山风这个特有的话题，便相当有可信度。

"聊着聊着，我听NAMI的口音和我几乎一样，就问她是哪里出生的……NAMI说她五岁之前都住在气仙沼。因为家里的关系还是什么的搬到北关东……就说了这些。"

有关联了。

无名女子和气仙沼果然有渊源。虽然从南町的居民那里没有得到有用的信息，但如果她五岁之前搬走就说得通了。就连老居民佐古的记忆也只能往前回溯三十年不是吗？

决心一死的人选择将出生故乡的海岸作为最终之地。

笘筱觉得，若一个人曾一度面对数不清的死亡，就不难理解这种心情。五岁已经开始懂事了，若是她在当地有什么难忘的回忆也不足为奇。想怀抱着幼时甜美的回忆死去，是极其合理的心理。

正因如此，另一个疑问就变得更大了。让她选择死亡的直接原因是什么？

"她有没有说到本名？"

"本名……刑警先生，绝大多数下海的小姐都不想说本名的。在客人面前扮演小姐是她们的基本原则。"

荻野说道。

"只是当下这个时间扮演小姐而已，真正的自己在别的地方。不这样想，怎么干得下去？我常接受应召服务，其实没资格这么说，但正因为是常客，才多少了解她们的心情。你觉得这些女生会随便说出本名吗？"

被他这么一说，他们发现的确如此。

"别的不说，人家小姐一开始就报花名了，我们也很清楚问她本名是很没礼貌的。"

所以是买花人与卖花人之间的默契吗？

"除了这些还说了些什么？"

"我是工地的作业员，所以那方面体力很好，可以连做许多次……再来就是最近看的电影啦、喜欢的艺人啦，这些无关紧要的。"

笘筱持续追问有没有更进一步的谈话，但并未再出现值得注意的说辞。

"虽然对NAMI不好意思，不过在小姐里，她算是中下级的。遇到的话不会换人，但也不会特别指名。因为她是这种程度的小姐，所以我就没有想到要多问。反正不会有下一次了。"

尽管他有体谅特种行业女性的立场，但评论起来还是毫不留情。这就是所谓的常客吗——笘筱微感心寒。

"没有苦恼的样子吗？"

"完全没有。在从事服务时并不会公事化，也会稍微假装一下，没有想不开的感觉。"

无名女子是在接完第二个客人后直奔药局的，应该可以相信荻野的看法。

离开荻野家，两人默默走向便衣警车。要是随便开口，只怕会让彼此的心情都很差。

钻进车里，两人不约而同短短叹了一口气。

"这种事真讨厌。"

"是啊，真讨厌。"

讨厌归讨厌，还是要收进记忆的抽屉。目前仍不知无名女子的身份，再微小的事情都要一一收集。

"最后的客人山田那边呢？"

"问过气仙沼旅栈了，这边用的是假名。姓名和住址都是假的。"

"他在旅栈登记了假名？"

"因为最近旅栈都是采取预付制啊。就算登记不实，实际损害也不大，旅栈也就懒得查了。"

"但手机号码倒是和'贵妇人俱乐部'记录的一样，只能从这里找出门号和真人了。"

向电信从业者查询签约客户这件事本身轻而易举，只要发函给该电信公司即可。问题是发函的名义。这就只有管辖案件的气仙沼署才有职权，笘筱无从插手。

之所以说出要从手机号码追查用户，是兜着圈子要一濑发函。

笘筱的用意一濑一清二楚，只见他瞪眼瞧过来。

"笘筱先生施压叫别人做事的方式真是一点都没变。"

"谁叫我赤手空拳呢，只能施压了。"

"就不能稍微考虑一下我的立场吗？这是以自杀处理的案子耶！这样等于叫我重挖一遍案子。"

"抱歉啊。"

"……以前在气仙沼署共事的时候，我觉得笘筱先生是个老练的人。现在根本就是老奸巨猾了。"

一濑口出怨言就证明他答应了。笘筱举起一只手表示感谢。

幸存者 与 消失者

1

一周后一濑来电。

"查出用户了。"

在气仙沼旅栈与冒名奈津美的应召女郎见面的山田究竟是谁？唯一的线索是旅栈旅客资料中登记的手机号码，但笘筱并非该案的调查员，无法洽询电信公司以取得用户资料。

"抱歉，让你费心了。"

"我也只能帮到这里了。"电话另一头的一濑苦笑着说，"用户的姓名住址我直接说了，剩下的就全都交给笘筱先生了。"

既然气仙沼署以自杀案处理该案件，一濑再继续调查就会造成风波。另外，气仙沼署的约束也使笘筱无法自由行动，一濑声称不再管是出于好意。

说了用户姓名和住址，一濑便匆匆挂了电话。只说事情不多说别的，这也是一濑才有的体贴。

电话是在办公室里接的，坐旁边的莲田或许全都听到了。被他知道笘筱不在乎，但对莲田而言，有一个基于私情办案的搭档却不是什么好事。

往旁边一瞄，只见莲田一脸哀怨。

"笘筱先生，你嗓门儿太大了。你的声音是很低却能听得很清楚的那种。"

"我和你搭档也好一阵子了，这可是头一次听到。"

"你自己不知道吗？"

"自己没感觉。"

"你知道被私情驱策行动并不值得嘉奖对吧？所以才会看我的脸色。"

"你就当作没听到，那我就不必看你的脸色了。"

"明知道你会行动，叫我怎么当作没听到啊？"

莲田转动椅子，正面盯着笘筱。

"是上次冒用你太太的名字的案子吧？"

"查出最后见到她的人是谁了。"

"你去找他问什么？她的案子已经被当作自杀处理了吧？难不成你连自杀的动机也要查吗？"

"那种事，要问本人才知道。我想知道的是她是通过什么途径知道我老婆的名字和拿到住民票的。"

"反正你就是没有交给气仙沼署办的意思对不对？"

"这是我个人的私事啊。"

"我还是跟你一起去。"

"我说这是我个人的私事。"

"怎么能让一辆没有刹车的车子乱跑？"

莲田只说了这句话，便把椅子转回去，继续用电脑打报告。尽管觉得他多管闲事，但刹车的比喻笘筱倒是觉得颇为传神。平常的笘筱自制也自重，不能否认，这次是有感情用事之嫌。

"你要跟随便你，可是要以现有的案件为优先。"

"这才要随便我。"

莲田似乎异常烦躁。

据一濑拿到的资料，山田本名叫枝野基衡。单子上的住址是仙台市泉区南光台，现在仍使用同一个门号。既然有了住址，事先打电话约谈也是个办法，但怎样才能不让枝野起不必要的警戒心呢？还是按最顺当的方法，趁本人在家的时间上门访问比较好。这样的话，莲田就得跟着在深夜、清晨到处跑，但如果他不方便，自己单独行动就是。

笘筱正思索着这些，眼睛盯着电脑屏幕的莲田头也不回地开口："如果你以为在深夜、清晨我就会放弃，那你就大错特错了。"

被看穿的感觉并不好，但既然都被看穿了，就没什么好顾忌的了。

"那好，今晚去突击。"

晚上十点，笘筱和莲田一同抵达枝野家门前。泉区南光台是位于青叶区与宫城野区交界的一处社区，由南光台社区、南光台东社区、南光台南社区构成。

南光台是将山谷填土形成的住宅用地。一九六一年起开发、分售，但因《宅地造成等规制法》制定于一九六二年，因此该地的填土造地是否合于法规则不明。东日本大震灾给这片填土而成的住宅用地也带来莫大灾害，各处地面龟裂、地层下陷、土壤液化、挡土墙与空心砖墙损坏。因坡面崩塌而半毁的房屋集中在谷口部分。至今地震肆虐的遗迹犹在，四处散见放任空心砖墙倒塌的民房。

枝野家便位于其中一角。

依住址找到的建筑上挂着"枝野"的门牌。按了对讲机，一个男人的声音回应。

"哪位？"

"宫城县警，请问枝野基衡先生在家吗？"

"请……请稍等一下。"

稍后来开门的是一个年约三十四五岁，看似"好好先生"的男子。他对于警察来敲门似乎非常意外，看笘筱与莲田的眼神因困惑而游移。

"我就是枝野基衡，可是我没有做任何要劳烦警方的事。"

"只是单纯访查。请问您认得这位女性吗？"

笘筱在枝野眼前出示无名女子的照片。枝野似乎是藏不住表情的那种人，脸色一下子就变了。

"看来是认得了。方便的话，想向您请教一些问题。"

"在门口不太方便……"

枝野不安地左右张望时，屋内传来一个女声。

"老公，警察有什么事啊？"

"哦，好像是来问一些朋友的事。我跟他们讲一下。"

枝野反手关上门，压低声音说："附近还有邻居，有没有地方可以好好说话？"

"如果您不介意在警车里谈的话。"

"只要能保密，哪里都可以。"

幸而笘筱他们开的是便衣警车，不会引人注目。笘筱请枝野进了后座，与莲田形成两面包夹之势。

"这位是'贵妇人俱乐部'的NAMI。五月二十八日晚间七点到九点这段时间，您在投宿的气仙沼旅栈与她见面对吧？"

"见了……那个……我没做什么违法的事啊。"

"请不要误会。我们并不是来追究您与她的艳事。您知道这个名叫NAMI的应召女郎当天就死了吗？"

枝野瞬间呆掉。

"……咦？"

实在不像演的。即使他不知道也合情合理。因为报道中只有笘筱奈津美的名字，并没有刊载照片。

"到底是怎么回事？难不成是被人杀害了？"

"目前是视为自杀。她和你在饭店分手之后，紧接着就去药妆店买了止痛药，第二天早上，遗体被发现在气仙沼的海岸。"

"自杀？怎么会这样？"

枝野双肩颓然下垂，缓缓低下头。

"我们想请问枝野先生的是，您与她共度的两小时中发生了什么事。她与您分开后便直接去买药。如果她轻生是一时冲动，那么我们怀疑原因就出在这里。"

看枝野似乎已失去缄默和隐瞒的意志，笃筱便没有逼问。静静等着，他便会主动说出来。

"内人现在怀孕了，"枝野突兀地开始坦承，"我们已经很久没有性生活了。我在半导体厂的研发部上班。"

枝野说了一个无人不知的大企业。

"那天，我到气仙沼市出差。然后，一到饭店就忽然鬼迷心窍，在网络上搜寻了应召站。

"于是找到了'贵妇人俱乐部'。

"我看了上面的照片，是我喜欢的类型。当然，眼睛的部分被杠掉，只能看到其他部分就是了。然后她准时到达，可是一开门我吓了一大跳。"

"为什么？"

"因为是熟面孔。"

笘筱不禁差点儿站起来。车内空间很小，他险些撞到车顶。

"是您认识的人？"

"有二十多年完全没消息，但是一看到脸，我马上就想起来了。世界上真的有巧合啊。她竟然是我小学、初中的同学。我是吓到了，她好像也大吃一惊。"

"她的本名是？"

"鬼河内珠美。"

听到名字的瞬间，笘筱脑海一隅有所反应，但他决定先专心听枝野说。

"我是仙台市土生土长的人，不过她好像是要上小学的时候才搬来的。我们在小学、初中都是同学，但她在初中毕业的时候，因为家里的关系搬到栃木去，就没消息了。"

"所以断了联系二十年，没有举办同学会之类的吗？"

"有过好几次，不过她从来没出席过。我也问过主办者，说是邀请函寄出去，但因为已迁居无法改投，又退回来了。"

笘筱自己也曾被选为同学会的主办者，很能理解。一旦失去联系，只要对方不主动联络，双方便会从此失联。即使是双方数年在同一间教室上课结下的交情，失联也就失联了。当然也有合不来的同学。不过，只要天天都有新的人际关系发生，旧面孔就会渐渐被埋在记忆深处。

"那么，你们叙旧一定叙得很开心吧？"

"呃……这个，有点……"

枝野的话突然变得拖泥带水。

"怎么了？"

"一开始，对于重逢，彼此都很开心，也聊了很多以前的事，像是班长现在怎么样啦……有谁谁谁因为震灾走了什么的。"

这多半是东北人才会有的话题，聊起朋友的话题时，首先以是否受灾为前提。实际上，很多人都因为那次震灾失去了朋友。想重温故交的对象已然不在。

"一开始是庆幸彼此都活着，可是聊到现在在做什么就突然尴尬起来……"

不用问笘篠也猜想得到。一人在知名的半导体公司研发部，另一人是应召女郎，环境和收入都相差太多，聊久了自然话不投机。

呃……枝野的说法变得有些迂回。

"过了二十年，大家的生活水平和所处的世界都变了很多。那个，我毕竟是客人，她是应召女郎，所以我们就先进行买卖的方案。"

想象当时的场面，笘篠很同情鬼河内珠美。身为应召女郎，客人竟然是同学，而且人家还在大企业上班、拥有独栋屋。想象为这样一个对象提供性服务的女性会有什么样的心理，实在令人于心不忍。

"枝野先生的内心也很复杂吧？"

"复杂吗？怎么说呢，我那两小时还满愉快的。老实说，从听到她自杀的那一刻起，我就陷入很严重的自我厌恶。"

"因为和同学玩吗？"

"不是……其实在那当中，我对她说了有点……不，是很过分的话。"

哦，原来如此——笘筱明白了。就像跟年纪足以当女儿的应召女郎玩过之后还要对人家说教的老头，枝野想必也是在享乐当中给了她什么忠告吧。

然而，笘筱猜错了。

"我的话是过分了些，但说起来是珠美不好。要不是以前发生过那种事，我也不会那样。"

枝野的话里带了一点刺。

"那种事是什么事？"

"初中的时候，我和她的立场和现在完全相反。不是有校园阶级吗？初中的时候，珠美在顶端，我是底部的。"

"实在看不出来。"

"刑警先生是仙台人吗？"

"我在东北各地来来去去的，怎么了？"

"当时，即使是在仙台市内，郊区还属于很乡下的地方。像小混混那些不良少年很受欢迎，功课好的反而垫底。我们生活圈小，附近又没有大学，所以大家根本就不会想到要上大学，本地的权力关系就直接延续到成人。鬼河内珠美就是那些不良集团的，我每天都被她们欺负。珠美也打过我，逼我交出零用钱。"

所以二十年后一见，这样的权力关系反过来了，不难想象枝野灰暗的喜悦。

"在这里碰面也是缘分，我就滔滔不绝说起现在的自己有多幸运、多幸福，而且是在进行亲密行为的时候。说起以前，与现况的反转就更明显，而她好像非常穷困，完全不谈自己的现况。就算我自吹自擂，但我毕竟是客人，她还是不得不保持营业笑容。越说我就越痛快。"

那样的状况光听着都令人反胃，但正在坦承一切的枝野多半是扛不住罪恶感所以不吐不快。而不得不面对目前的差距的鬼河内珠美会被嘲讽也是她自己种的因，所以也不能因此认定她就是弱者。

"还有就是，这真的控制不了，自然而然就会讲到那里去，就是当我这样折磨着珠美，无论如何都忍不住要说起初中毕业以后唯一一次听到的珠美的消息。"

"什么样的消息？"

"就是她爸妈联手轰动了社会啊。刑警先生记得吗？很久以前，宇都宫市发生的资源回收店店员虐杀案。"

难怪刚才脑海一隅有所反应。二〇〇三年，宇都宫市发生了惨案，两名在资源回收店工作的青年遭店主夫妻残忍虐杀。两名青年身上有无数伤痕，令人不愿想象他们生前所遭受的伤害。平常，只要不满两名青年的工作，鬼河内夫妻便加诸暴力，还要他们赔偿店里的损失，逼他们交出所有存款。而最后当青年准备报警时，夫妻俩便将他们拘禁，凌虐致死。

案情之残酷，让此案成为社会焦点。凶手夫妇的姓氏别具特色，因此容易记忆，更加勾起了人们的兴趣。鬼河内夫妇被捕，一审判处死刑，二审定罪。两人应该都已伏法。

但冒用奈津美姓名的女子竟是恶名昭彰的鬼河内夫妻的女儿，实在令人惊讶。

"在过程中，我把那对夫妇的恶行一件件拿出来说。到最后，她笑着哭了。事后我也反省自己，当时有点太坏了。"

枝野搔着头说，但这些忏悔的话也没什么意义。这就和把人狠狠打死之后，再向尸体道歉没有两样。

"和你分别之际，鬼河内珠美是什么样子？"

"还是挂着营业笑容。我说我下次还会指名她，她也没有回答……请问，问完了吗？太久我老婆会起疑的。"

放了枝野，莲田移到驾驶座后故意叹了一口大气。

"怎么了？"

"又一次见识到人并不是非善即恶的。鬼河内珠美很可恶，却也是受难者；枝野是校园阶级的受害者，却也一样可恶。"

话说得幼稚，但笃筱很能理解他的言外之意。

"这样也就能明白珠美为什么要弄到另一个名字和住民票了。要是顶着鬼河内的姓，一定连工作都没办法找。"

"毕竟是令人难忘的罕见姓氏，鬼河内夫妇那个案子又轰动全国。即使她本人是无辜的，但光是身为那对夫妇的女儿，立场就很艰难了吧？"

然而，若相信枝野所说的，少女时代的珠美也有可恶之处，说句缺德点的话，感觉就是泯灭人性的夫妇养大的败类女儿受了三人份的惩罚。

"看到鬼河内这个姓，想起那桩命案，绝大多数的雇主都会对雇用这个人有疑虑的。就算珠美本身没有问题，但是有她在，职场的气氛恐怕就会怪怪的。"

"自杀的原因大致明朗了。好不容易隐姓埋名过日子，身份却被最不想知道的人知道了。珠美的绝望肯定不小。"

初中毕业后的珠美经历了什么样的人生，只能诉诸想象，但在那对鬼河内夫妇身边长大，实在无法想象一幅美满的全家福。她之所以在北关东和东北辗转流离，想必与这样的背景脱不了关系。

最后她沦落为风尘女郎，向自己曾经看不起的底层阶级的人卖身。在同学的嘲笑送别中，她在路上的药妆店里买了止痛药。然后，回到自己五岁前所住的故乡。

三十年前的故乡。尽管市容多少变了，海岸的位置与海水的味道一如往昔。既然她只在那里待到五岁，负面的回忆应该也不多。不，或许对鬼河内珠美而言，在气仙沼度过的那五年才是她人生中最美好的岁月。

　　当然，要明确知晓死者的心思是不可能的。然而根据珠美所处的状况与死前枝野对其的凌辱，笘筱的推测理应是"虽不中，不远矣"。

　　"也算是有结果了。"

　　莲田边启动车子边说。

　　"已经查出冒用你太太名字的人的真实身份，也掌握她自杀的可能动机了。向辖区气仙沼署报告以后，就尘埃落定了。"

　　不，还没有。

　　笘筱无声地告诉自己。很多不明事项确实都明朗了，但最重要的地方尚未水落石出。

　　珠美究竟是通过什么途径取得奈津美的姓名和住民票的？只要这一点没有厘清，笘筱的案子就没有结。

　　翌日，笘筱在电话中告诉一濑事情的原委，他在另一头大惊：

　　"竟然偏偏是鬼河内夫妇的女儿！难怪她想隐瞒身份。"

　　"珠美本人并不是罪犯，但社会上却不这么看。而且，也可能有人讨厌鬼河内这个姓。"

"谁啊?"

"珠美本人。"

笘筱很想知道一濑对自己的想法会有什么反应。

"自己和父母是不同的个体,既没有泯灭人性也不是恶魔。她或许是希望这样说服自己,才想丢掉鬼河内这个姓。"

"这个解释很有说服力。这样的话我们课长也会接受。接下来就只要证明无名女尸就是鬼河内珠美,这个请让我们气仙沼署来吧。"

换句话说,他是希望笘筱收手。

"还有一个疑问,珠美是怎么获得我太太的姓名和住民票的?"

"这一点也请交给我们。笘筱先生要是更深入参与,事情会很麻烦。"

"能不能告诉我贵处具体要怎么调查?"

"从珠美自宇都宫市迁居的记录追下去,应该就能找出她抛弃姓名的地点。"

"这可不一定。也许她有段时间两个名字并用。你站在她的立场想想看,没受过多少教育,又有一对凶手父母,我不相信光凭她自己的聪明才智就能假冒他人,怀疑有人提供建议或帮助才合理。除了住民票上的历来住址,也有必要清查她在各地接触过的人。"

"你应该知道我们刑事课有几个刑警吧？"

听这一副随时都会哀号的语气，就知道一濑所处的立场。笘筱也有罪恶感，但这时候不能把球丢回去。

"既然这样，请你定期通知我进展，不然我就自己行动。"

一阵沉默后，笘筱好像听到对方叹气。

"请千万要自重。你肯定知道，警察这个组织讨厌上面插手，更讨厌别人从旁插手。"

电话挂了。

2

果不其然，一濑的进展报告很快便无疾而终。以他的为人，想必不吝于向笘筱透露消息，纯粹只是忙翻了。震灾后过了七年，部分市区已重拾从前的面貌，而回到从前便意味着犯罪件数也回到平时。

而早一步复兴的仙台市内，警察的忙碌更加显著。

六月二十日上午六点零五分，一群晨练的棒球少年发现一名男子死在市内太白区的富泽公园内。仙台南警署接到通报，立即会同县警本部警察赶往现场。

"唐泽先生已经先过去了。"

开车的莲田或许是被通报拉起来的，正揉着眼睛。

"真不知道他到底都几点睡、几点起床啊。"

"听说他无论睡多熟，电话响第一声就会跳起来，真想向他看齐。"

他们一到现场的公园附近，便看到入口停了几辆警用车。其中也有眼熟的厢型车，可见鉴识工作也已经开始了。在作为封锁线的胶带前，早已有看热闹的民众远远地朝公园内张望。

富泽公园紧邻仙台市体育馆，又因棒球场设施完善，使用者众多。因占地广阔，可以预见鉴识时间会拉长，至少这里今天一整天应该都会禁止进入。

他们从胶带底下钻过，踏进公园。走在相当宽的步道上，看见球场边的凉亭旁搭了蓝色塑料布的帐篷，便知道那里就是现场。

帐篷前，南署的调查员正在与鉴识人员说话。

"找到了吗？"

"还没有，半径十米之内还没有发现。"

先抵达的人似乎是在找什么东西。反正之后会有详细资料，用不着急问。

不久唐泽便从帐篷里出来。

"哦，笘筱先生和莲田先生。"

"早安。相验完了吗？"

"刚验完。里面请。"

从刚才听到的那两句对话得知，半径十米内似已搜证完毕，但三人还是走到了步行带上。尸体便仰躺在尽头。

笘筱合掌后将被单掀开，出现了一具中年男子的裸体。

"状况一目了然，就是四处大外伤。胸部那一击应该就是致命伤。"

正如唐泽所说，男子胸前有一小块积血。因身体已经失去血色，深红色的部分特别突出。表面的血已干，但气味仍在。一股铁与肉搅和在一起的味道直冲鼻腔。

"从创口的形状初步推断凶器为单刃利器。准确的判断要等司法解剖的结果，创伤直达心脏，直接死因很可能是失血过多。防御伤只有右掌一处。推定死亡时间是昨晚十一点到深夜一点。"

由于看惯了伤口，笘筱并不特别惊讶。

有另一处外伤比胸口的伤更引人注目。

"好惨啊。"

笘筱身后，莲田似是不由自主地吐出感想。

男子的脸，鼻子以下全部遭到破坏。

并不是嘴裂、牙断这种轻微的程度，而是上颚和下颚扭曲得不成原形，连面貌都难以辨别。

"那凶器就在尸体旁边，是用花坛上拆下来的砖块把上下颚敲碎的。"

"那么，找不到的是刺胸的凶器了。可是检视官，你说大外伤有四处，还有一处在哪里？"

"在找的不只是单刃的凶器。"

唐泽这样说完，将掀到男子腹部的被单掀开更多。

笘筱的眼睛盯死在男子的双手上。

那双手所有手指的第一关节以下全部被切除。切面非常平整，都是水平的。

"现在在找的是少了的十根手指。恐怕是用刺胸的那把凶器切掉的。"

唐泽的手指向尸体旁的血迹。

"有痕迹显示，凶手是让被害者躺下之后，以水泥代替砧板进行接下来的行为的。上下颚和手指切面都没有生活反应[1]，推测是死后进行的。"

死者的模样固然凄惨，但从缺损的地方来看，凶手的意图很明显。

"破坏上下颚是要让人无法进行齿模鉴定，切掉十指是防止指纹对比，是吗？"

"我很想同意，但看来却未必。男子身上的钱包里有员工证和驾照。从鼻子以上的部分，应该可以认定死者是驾照的所

1　指暴力作用于生活机体时，在损伤局部及全身出现的防卫反应。

有人。"

向唐泽问完能问的，两人来到帐篷外，马上就去找最先那个说话的南署的调查员。调查员说他姓来宫。

"脸虽然变成那样，还是认得出驾照上的是本人。"

来宫将收进塑料袋的驾照和员工识别证拿到两人眼前。

　　姓名　天野明彦
　　昭和四十年（一九六五年）十月三日生
　　住址　岩手县上闭伊郡大槌町赤滨〇—〇

笘筱对相距甚远的住址感到奇怪，翻到背面一看，备注栏记录了变更后的住址，是仙台市若林区上饭田。

接着看员工识别证。

　　〈冰室冷藏〉
　　姓名　天野明彦
　　入社日期　二〇一六年六月三十日
　　有效期限　二〇一九年六月三十日

"驾照后面的通信地址好像是公司宿舍。不过，这家公司九点开始上班，所以还没有取得联系。"

九点，就是一个小时之后。

“公园内部有监视摄影机吗？”

“有，但只有入口附近和球场那边而已。游乐器材和凉亭几乎是在公园中央，不在摄影范围内。”

排列紧密的树群阻挡了视线，从这里看不到球场。入口也一样，与两边分别都有一段距离，不能指望拍到凶手和被害者。

“破坏上下颚和指尖，你怎么想？”

来宫被问起，显得有些困惑。

“我想笘篠先生也持同样看法，凶手多半是为了隐瞒被害者的身份。驾照和识别证原封不动，我认为是不小心忘了。”

这样的解释大致合理。但笘篠却怎么也挥不去那种不对劲儿的感觉。无论是粉碎上下颚还是切断十指，都需要耐性和冷静，不可能是在脑充血的冲动状态下进行的。手指的切面平整就说明了一切。而若是冷静行事，便与忘记带走驾照和识别证的解释有所矛盾。

蓦地，他感到一阵恶寒。

至今，笘篠看过许多不成原形的尸体。这阵恶寒并不是来自尸体的损坏状态，而是凶手损坏尸体背后的用意让笘篠心惊胆寒。

凶手不仅想隐瞒被害者的身份，还想隐瞒身份之外的什么。

“钱包里留有现金一万七千五百元。粉碎上下颚和切断十指应该不是为了偷盗，十之八九是寻仇。"

来宫像说服自己一般，边说边点头。

"利刃一刀刺穿心脏。死者以单手防御仍不敌，受了致命伤。如果是素不相识的人，应该会激烈抵抗。没有那样的行迹，证明凶手是死者认识的人。"

这也是很合理的解释，但笪筱还是觉得不太对劲。他无法指出具体哪里不对劲以及如何不对劲，那种感觉就像眼前看到的是少了一片的拼图。

一个小时后，"冰室冷藏"的人接到通知赶来了。

"据说敝公司的天野被人发现死了。"

来人是该公司的作业主任，一个姓室伏的男子，显然是匆忙赶来的。

"死者持有贵公司的员工识别证和驾照。为慎重起见，想请您确认是不是本人。"

对于来宫的请求，室伏二话不说便答应了。

"要先提醒您，死者头部的鼻子以下的部分遭到严重损坏。请您多留意。"

在尸体面前，就连"损坏"这两个字都算文雅了。然而，又不能在认尸前过度惊吓看尸者。

来宫领室伏到尸体前，将被单卷到尸体鼻子位置。

"啊啊——"室伏发出惊呼。

"的确是敝公司的天野。可是，怎么会变成这样？"

"天野先生昨天有出勤吗？"

"昨天上午九点上班，下午六点下班。"

公司与宿舍同样位于若林区上饭田。若天野下班后便前往富泽公园，时间上就会有一段空白。

"天野先生有没有什么和平常不一样的地方？"

室伏歪着头，说不清楚。在同事的尸体面前，显然他的思绪难有条理。应该等室伏冷静下来，再试问同样的问题。

"方便说句话吗？"

笘筱插进两人之间。

"室伏先生，请您先做一个深呼吸。"

虽然很简单，但光是深呼吸，心情就会改变不少。见室伏深深吐了一口气，笘筱才慢条斯理地发问：

"看员工证，天野先生在贵公司工作两年多了？"

"他是中途被录用的。我们的主要业务是运送冷冻的生鲜食材。很多工作都需要出力，我本来很担心一个年近五十的人做不来，但他很努力，从不抱怨。"

"他在职场的人际关系怎么样？有没有和谁起过冲突？"

"天野没有这个问题。"

室伏答得很有把握。

"毕竟他是个一点都不想出风头的人，我看他反而一直在尽力避免冲突。就算被一些不怀好意的同事取笑，他也是笑几声就过去了。"

"他有家人吗？"

"他住单身宿舍，家人方面我没有多问。在录用的时候，他说家人死于震灾，我就不敢再深入问下去了。"

"有没有特别要好的同事？"

"他没有跟人反目，但也没有跟谁走得很近。就跟躲麻烦一样，他好像也避免跟人有深交。不过，他的工作态度非常认真。从来不废话，叫他做的事他都做，叫他不要做的事他就绝对不会做。身为作业主任，没有哪个员工像他这么听话、可靠了。真的，到底谁会把他……"

最后室伏默然不语。

稍后，警方表明会对天野的房间进行搜索，室伏神情凝重地离开了帐篷。前后脚的工夫，一个南署的调查员冲进来。

"驾照上的地址好像就是被害者的老家。"

说是一问之下，发现大槌町赤滨的住址以天野的姓氏登录于查号台。他们打电话过去，接电话的人自称是天野之妻。

"对方说要立刻过来。"

难道天野的家人并没有死于震灾吗？他们在油然而生的怀疑中等着。大约三个小时后，警察带来了一个看似顾不得化妆便出门的中年妇女。她说她是飞车赶来的。

"我是天野志保，明彦的妻子。"

总不好马上就让她去看安置在帐篷里的那具悲惨的尸体，笘筱决定先在帐篷前向她了解情况。

"您先生住在公司的宿舍里，之前声称家人死于震灾。所以能联络上您，老实说我们很惊讶。"

"死于震灾的是外子。"

志保这句话不但令笘筱和莲田吃惊，连来宫都有所反应。

"外子在大震灾时去了公所附近，被海啸冲走了，至今还没找到遗体。听说外子刚被人发现死了，我才更惊讶。"

三名刑警面面相觑，简直就像喜剧里的一幕，但绝大多数的悲剧与喜剧都是一体的两面。

笘筱感到背脊一阵恶寒。

又来了，一股莫名的战栗从脚底爬上来。

"请赶快让我见外子。"

现在顾不得避忌哭天抢地的场面了。笘筱带头领志保进了帐篷。

"要先提醒您。您先生头部鼻子以下损坏得很严重。"

"我们是多年夫妻，光看眼睛，就能认出是不是本人。别的不说，外子身上有特征，比长相更能证明是他本人。"

"是身体上的特征吗？"

"他的脚趾，双脚都是中指比大拇指长。外子的袜子每次都是破在正中央。"

笃筱让志保在尸体旁坐下，和先前一样把被单拉到鼻子部位。

志保望着尸体的脸片刻，然后大大摇头。

"请让我看脚趾。"

笃筱绕到另一侧，卷起脚上的被单。露出双脚的脚踝，众人的眼光都往中指上集中。

尸体的双脚以大拇指为顶点，形成平顺的斜坡。中趾绝对没有突出。

"不是他。"

志保断定。

"长相也一点都不像，脚趾也没有特征。根本不是他。"

"怎么可能？！"

提出异议的是来宫。

"他有驾照，上面记载了天野家目前的住址。照片里的男子和这具尸体是同一个人。"

志保看了来宫递过来的装在塑料袋里的驾照，她已经完全恢复了冷静，反而是笃筱等人陷入恐慌状态。

"驾照上的住址是我家没错，可照片上的是别人，绝对不是外子。"

或许认为光说不够，志保从包包里拿出一个票卡夹。

"这才是天野明彦。"

三名刑警把头凑过去看那个随手拿出来的票卡夹。在笑得灿烂的志保身旁笑得很生硬的，是与尸体长相截然不同的另一名男子。

"刑警先生，这到底是怎么回事？拿一个不认识、不相干的人骗人，说是我失踪的丈夫，有什么好玩的？"

"我们绝对没有这个意思。您刚才说，您先生在震灾时，在公所附近被海啸冲走了是吗？"

大槌町公所这个地点，曾因海啸灾情惨重而备受注目。当时为成立灾害对策总部而集合的町长连同底下的职员约60人，收到海啸警报后虽往屋顶避难，结果却只有22人生还，其余都被海浪卷走了。若同一时刻天野明彦就在附近，只怕逃不过。

"有鉴于当时大槌町的惨状，难怪天野太太您会悲观。但都过了七年，您现在还是没有办理失踪人死亡宣告吗？"

"刑警先生，你是当地人吧？"

"是啊。"

"你有没有亲人因为震灾到现在还没有找到的？"

"……有。"

"那……你有很干脆地去办理吗？"

志保责怪的视线贯穿了笘篠。笘篠的嘴唇冻结般动不了。

"有人为了断念去办死亡宣告，也有人因为放不下而不去办。你自己应该也见过很多不同的灾民吧？"

或许是对笆筱的无意反驳不满，来宫又继续坚持：

"可是，这张驾照绝对不是伪造的，是岩手县公安委员会发行的正本。"

"不，那是假的。住址和发行日或许都对，但最重要的照片不是本人。"

"来宫先生，够了。"

笆筱忍不住中断了问话。再怎么强调那是公家发行的，也没用，还是家人的证词更有可信度。别的不说，笆筱本身就亲身经历过。

"就算是别人，我们也必须加以证明。日后，鉴识人员可能会登门拜访，届时还请您协助调查。"

"这跟我无关吧？"

"您说得没错，但躺在这里的男子以天野明彦先生的身份在仙台市内生活了将近两年。这是怎么一回事，身为家属，您不认为有调查的必要吗？"

一听这话，志保迟疑半晌，最后不情不愿地答应了。

目送志保离开公园的背影，笆筱终于发现恶寒的元凶了。

冒奈津美之名的鬼河内珠美，以及冒天野明彦之名的被害男子。两人的共通之处在于两桩事实——他们持有附自己大头照的他人名义的驾照，并长时间以另一个人的身份过着平静的生活。

尽管一人是自杀，一人是他杀，但两人的行为酷似。而同时有酷似之事发生时，认为两者之间有关联才合理。

"笃筱先生。"

听声音回头一看，莲田目带疑云地看着这边。

"这个，跟你太太的案子是同一个模式吧？"

"是啊，没错。"

"假如是偶然的一致，也太多雷同了。"

"失踪了七年却没有办理失踪人死亡宣告，持有他人名义的驾照，至今都安分守己过日子……查下去可能会有更多人这样。"

"这已经不是笃筱先生个人的案子了，完全就是县警本部的案子。"

3

被发现于富泽公园的男子，被拿走的不只是齿模和十根手指。

怎么找都找不到理应随身携带的手机。他拥有手机并且经常使用，这一点室伏表示曾亲眼看到过，所以确然无疑。室伏说他休息时间一定都在玩手机，有一次探头一看，手机画面是预测赛马的网站。

留下驾照和识别证，却拿走了齿模、指纹与满载个人信息的手机，在不知情的人眼中显得矛盾，但若凶手知道男子其实并非天野明彦就很合理。

鬼河内珠美收在票卡夹里的驾照是伪造的，但冒名天野明彦的男子所持的却是如假包换的真货，芯片里也有户籍记录。

如此一来，问题当然就是这名无名男子是如何取得驾照的，但对此，室伏也做了证。

"哦，天野的驾照是我叫他去办的。"

离开公园后，笘筱和莲田造访"冰室冷藏"的作业所，室伏一副"这有什么好问的"的样子答道。

"我们工作的主要业务是运送海产，所以录取条件之一是有驾照。可是啊，天野说他有驾照，但手边没有。一问原因，他说遇灾的时候，整个家连同包括驾照在内的东西全部被冲走了。"

"那么，他面试的时候带了什么证件？"

"只有住民票。当时我们实在人手不足，只要通过面试的人，我们都希望可以马上上工。所以我就先发了员工识别证，再叫他去监理站跑一趟。"

只要有住民票复本和员工证就能补办驾照，笘筱认为这可能就是案子的关键。

"这应该就是鬼河内珠美不得不伪造驾照的原因之一了。她和天野的情况不同，她没有找到能发行员工识别证的工作。"

莲田点头同意："现在很多银行开户和各种卡都要双证件才能办。"

"珠美应该无论如何都想要把驾照来当作身份证件的，却无法依正规途径取得，所以只能靠伪造。"

"这样两人的共通点就集中在伪造的住民票上了。"

"对。各类证件的伪造不是现在才开始的，但专做住民票就让人不得不怀疑其中的关联性了。"

办案切忌武断，因此笘篠避免使用笃定的说法。然而，多年来的直觉告诉他，这两起案子有关联。

"冒名天野的男子真的是岩手人吗？他说话有没有口音？"

"嗯——"

室伏歪头思索。

"就我听到的，没什么口音欸，而且最近刻意说标准语的人也不少。"

离开办公室，笘篠他们走县道54号线往西。该公司的宿舍位于从办公室步行五分钟处，县警和来宫他们南署的调查员应该已经先过去了。

果然，远远便能看见那宿舍有警用车与调查员来去的身影。宿舍虽然不算组合屋，但看起来也不像是能长久抵挡风雪的建筑。只怕震度五的地震就会将其震垮——虽事不关己，但笘篠也杞人忧天起来。

经历过那种大灾难，竟还有这种粗制滥造的集合住宅。建筑当然最好都有结实的耐震结构，但这当中永远都有钱的问题。

"他本人的手机不在犯案现场，应该是被凶手带走了。"

"这样想比较合理。一般人出门都会带手机。"

"那当然了，就是让人随手带着才叫手机啊。"

"推定死亡时间是晚间十一点到深夜一点。那个时间段要和人在公园碰面，约碰面的时间一定是通过手机。他本人的手机里不但会有通话记录，搞不好还保存了凶手的资料。不，凶手当然会那样认定，所以绝对不能不处理杀害对象的手机。"

"可是笘筱先生，"莲田指指宿舍说，"凶手把死者的十根手指统统砍掉，是因为不想让人知道死者的真实身份对不对？可是屋子里应该到处都有他本人的指纹啊。这样的话，砍掉手指根本没有意义不是吗？"

问得很对。然而，假设那是冲动之下行凶，而凶手平日便随身携带利刃的话，也可以说得通。凶手为了隐瞒死者的真实身份，毁掉齿模、让人无法采指纹，却没有想到宿舍。无论如何，这次住宅搜索就能知道凶手到底是不是粗心忘了这一点。

据说房间是在二楼从前面数过去的第三间。不见来宫的身影，但只要鉴识工作未完成，调查员就不能进场，所以他也许在别的地方等着。

笆筱与莲田来到楼梯下方，房门正好开了，鉴识人员一一下楼。令人感到略有异状的是他们几乎都空着手。平常应该有好几名鉴识人员抱着装有扣押物品的纸箱。

　　他们当中有熟面孔——隶属于县警鉴识课的两角，与自己虽不是会特别约出去喝酒的交情，但在现场遇见了，多少会交换一下意见。然而今天的两角虽看到笆筱，却一脸不开心地直接从旁边走过。这是没有收获的征兆。

　　笆筱他们与鉴识人员交错上了楼，遇到来宫。

　　"鉴识工作好像结束了。"

　　"算不算结束啊。"

　　来宫一脸苦恼地伫立在门前。

　　"实在太怪了。遇害男子的确住在这里没错，却找不到指纹。"

　　"怎么会？"

　　身后的莲田高八度地惊呼。笆筱也同样感到讶异。

　　来宫领他们进屋。房子是有独立厨房的套房，或许是单身宿舍的关系，放了家具就好挤。冰箱、茶几、电视、床。茶几上随便摆着成人杂志和赛马报。床上没有床单和枕头，肯定是被鉴识拿走了。

　　然而，扣押走的东西也未免太少了。这和人居住时的状态大致相符。

"鉴识工作真的结束了吗？杂志和报纸之类的，平常都会沾满指纹吧？"

莲田质疑，来宫也控制不住烦躁。

"说这些也没有用啊！鉴识很认真在找了。可是，他们一手照光，把这么小的房间全部找遍了，却连一个指纹都验不到。"

笃筱打圆场般介入："也采不到指纹以外的迹证吗？"

"有。好像有采到毛发和灰尘，可是没有关键的指纹。"

"一般人生活，不可能不在家具或小东西上留下指纹的。"

"看来他并没有过一般人的生活。"

来宫从狭窄的走廊走向浴室。狭小的空间里塞了一个勉强能容纳一个大人的系统卫浴。

"这是找不到指纹的原因。"

镜子下方，肥皂盒旁边有一个玻璃容器。

"瞬间接着剂。"

虽是很常见的物品，在浴室里却很突兀。

"垃圾箱里是空的。"

"难不成他在指尖涂接着剂？"

"那个接着剂涂上就能维持半天。试了就知道，就算摸玻璃也完全不会留下指纹，而且不会特别有感觉，指尖微细的触觉也都在。"

"你好清楚啊。"

"实际上我已试过了。"

来宫板着脸将双手在两人面前张开。仔细一看，他十根手指的指腹都覆了一层半透明的膜。

"这东西意想不到地好用哦。不会弄一下就脱落，也不明显。"

"放在浴室，是因为他要在这里重贴吗？"

"我想他多半也会在别的地方重贴。很简便啊，容器不大，可以放口袋里，只要把撕下来的膜揉一揉丢掉就行了。比指套便宜，而且可以随用随丢。"

"所以才采不到指纹吗？"

"很遗憾，确实如此。不过，一些小东西和床单、枕头上还是有可能找到指纹的，所以都扣押了。"

鉴识常用的科学办案灯称为ALS（替代光源），运用可视光、紫外线、红外线照出特定波长的光，以此寻找指纹和毛发。要是用这些都找不到，那就没希望了。

"他为了隐藏指纹做到这种程度，应该是因为有前科吧？"

"莲田先生，这个我们当然也考虑过了。可是，警方的数据库除了住址和指纹，也会存DNA。假设死者有前科好了，但光是隐藏指纹也没意义啊？"

听着莲田与来宫的对话，笞筱发觉两人经验都还浅。莲田任警官五年，来宫恐怕也差不多。

"警察厅是二〇〇五年才开始将DNA信息在数据库中建档的，而且各都道府县警着手的时期也有落差，宫城县警属于起步晚的。"

莲田和来宫互看对方。看来他们果然不知道被分发到第一线之前的状况。

各都道府县警着手建立DNA数据库之所以步调不一，纯粹是因为害怕违宪。

对嫌疑人的强制搜查，原则上以法院发行的命令为准。这是日本宪法第三十五条第一项所规定的所谓令状主义。但对嫌疑人采集指纹与拍照的相关规定，刑事诉讼法第二百一八条第三项"对于经拘提之嫌疑人采取指纹或脚印、测量身高或体重，又或拍照，只要不使嫌疑人裸露，不需第一项之令状"的条文则是被获准的例外。换言之，采集DNA并不是被获准的例外。笘筱认为，这正是向来惯于上令下行、对警察厅唯命是从的各县警起步有早有晚的原因。

对警察厅而言，各县警步调不一是个问题，因此二〇一二年九月十日，警察厅向都道府县警察下达题为"DNA数据库彻底扩建指导方针"的公文，无论拘提逮捕与否，都应积极采集嫌疑人的DNA。因此嫌犯的DNA和指纹同样被数字化，应视为二〇一二年这封公文之后的事。

听了笘筱的说明，两人的神情还是半信半疑。先提出疑问的是来宫。

"也就是说，笘篠先生判断死者在二○一二年以前被捕过的可能性很高？"

"如果曾经服刑，就必须考虑更早之前的可能性。他为了隐藏指纹花了这么多心思，追溯到二○一二年以前绝不过分。"

笘篠的视线移往茶几上的赛马报。

"报纸上也没有指纹是吧？"

"对。"

自从报纸进入视野，笘篠就一直很在意。放在茶几上的是一份著名的赛马报，但宫城县内并没有赛马场，也只有大崎市与大乡町这两个地方有赛马投注站，赛马文化本身并没有在宫城县生根。赛马报顶多能在便利商店找得到，而且份数极少。说赛马是宫城县内的小众博弈也不为过。

但男子伪造的故乡岩手则在盛冈市与奥州市都有赛马场。岩手县内应该有五个左右的场外投注站。

这样来看，男子或许真是岩手出身——笘篠开始这样思忖。

赛马报的日期是六月十八日，男子遭到杀害的前一天。一打开，中山纪念出赛表上以红笔做了记号。

"你知道中山纪念的结果吗？"

"请等一下，我对赛马不太熟。"

莲田边辩解边操作自己的手机。

"有了，中山纪念的结果：本命马顺利获得优胜。他都没中欸。"

翻了其他页。地方赛马、盛冈赛马场的比赛上也有记号，分别查对了战绩，全都连边都没碰上。

"就这份报纸来看，每一场比赛他的赌赔率都大。"

正如莲田所说，报上圈写的红笔痕迹完全避开了"◎（本命[1]）""○（对抗）""▲（第三顺位）""△（可能第二、第三名）"，全都集中在"☆（上述外的黑马）"。

"没有任何想法，专挑报酬率高的。光凭这份报纸就断定或许失之武断，可是他好像全凭直觉，身为外行又偏爱玩那一套。"莲田说道。

"如果他真的照他写的预测下注，那么他去公园那天，身上的一万七千五百元可能是他的全部财产。"

"这个和命案有关吗？那些钱是不多，可是没被抢啊。"

"很难说无关。钱多钱少都会招来麻烦。"

当天，南署便成立了项目小组。县警与南署召开联合搜查会议，南署的井筒署长、县警的东云管理官与山根刑事部长三人并排坐在台前。石动也在边缘占了一个位置。

气氛比往常来得凝重，因为死者的身份依然不明。初始调查

---

1 大家最看好的马或选手，与后面的对抗、第三顺位等都是赛马术语。

的迟缓是破案的致命伤。连遇害的人是谁都不知道，也很难制定调查方针。

东云话虽少，想什么却都写在脸上。线索的数量和眉头皱纹的数量总是成反比。

"现在开始，针对今天早上于富泽公园发现的男性他杀命案举行第一次搜查会议。被害男子平日以天野明彦之名生活，但家属认尸后发现冒用身份之事实。因此，在查出姓名之前，暂以被害男子称之。首先报告司法解剖的结果。"

来宫站起来："此案委托东北医大法医学教室解剖。解剖报告指出四处伤口之一的胸前伤口是致命伤，因出血性休克致死。凶器是单刃利器。防御性伤口只有一处。从胃部的内容物消化程度，推断死亡时刻为十九日晚间十一点至翌日凌晨一点。上下颚几乎完全粉碎，十根手指的第一关节以下被切掉，但这些都是死亡后造成的。"

前台旁的大型荧幕显示出法医学教室拍摄的死者各部位的照片。笃筱已在现场亲眼看过，但几个小时之后的状态被大型荧幕播映出来，显得加倍骇人。在场的调查员都皱着眉看着。

"毁掉齿模和指纹，是提防警方数据库的掩盖工作吗？"

"可能性应该不小。"

"被害男子的随身物品呢？"

"钱包里有一万七千五百元的现金、驾照，以及'冰室冷藏'

的员工识别证。"

来宫说明驾照是由岩手县公安委员会发行之后，调查员之间发出阵阵低声质疑。

"驾照的发行本身没有问题，所以是用来办理驾照的住民票被冒用了？"

来宫往这边抛过来一道视线。关于伪造住民票一事，最先是笃筱提出的，所以大概是担心会抢了笃筱的功。笃筱摇摇头，示意他别在意。

"其次是现场周边的地理环境与监视摄影机的设置状况。"

南署的另一位调查员站起来。

"犯案现场位于球场附近的凉亭旁，但富泽公园只在入口附近及球场那边设有监视摄影机。为万全起见，我们已查看过影片，但现场正好是摄影范围的死角，没有拍到。此外，运动广场的开放时间是早上六点到晚间七点。"

从推定死亡时间来看，凶手肯定是选择了球场关闭后、不会有人靠近的时间。

"向附近查访球场关闭后到翌晨发现尸体期间是否看到可疑人士，目前尚未获得目击证词。今后准备查访公园前的行人。"

"那么，接着是被害人住处的鉴识报告。"

这部分由鉴识课的两角作答。

"被害人住处是公司的单身宿舍，有独立厨房的套房。被害人单独居住，因此迹证的采集理应相对简单，但……"

"怎么样？"

两角一支吾，石动课长立刻就追问。

"现在还在分析当中，虽有毛发和体液，却连一个指纹都采不到。"

果然。笘筱他们事先知道有瞬间接着剂这件事，早有心理准备，但台上的东云等人和在场的调查人员都难掩惊讶。

"被害男子平日利用瞬间接着剂避免留下指纹痕迹。浴室里有盛放接着剂的容器。"

"可是在实际生活中，应该还是有接着剂脱落的情形吧？像是泡澡，接着剂应该会自然脱落。"

"不。被害男子所使用的必须是专用的除胶剂，否则很难剥除使用的接着剂。当然，人体的皮肤会代谢，所以接着剂也会自然脱落，但被害男子似乎定期重复涂抹，因此从卫浴中无法采到指纹。"

"就算没有指纹，也还有毛发和体液吧？"

"采到了，但目前还在分析DNA。"

"要等结果啊。"

东云说得似乎有所期待，但看两角的脸色就知道希望不大。

一个小心谨慎到会定期在指尖涂抹瞬间接着剂的人，却放着自己的毛发和体液不管，这是一个大矛盾。笘筱认为，此人即使曾经被捕，应该也只是被拍照和采指纹的嫌犯。既然笘筱想得到，东云等人当然也会想到。

"雇用被害男子时的履历和住民票还在吗？"

去查履历的是自己。

笘筱站起来，清清喉咙说："向被害男子工作的'冰室冷藏'确认的结果是该单位决定雇用被害男子当时便将履历和住民票还给本人了。基于保护个人资料的观点，也没有留影本。"

"监理站那边也没有吗？"

"没有。以'天野明彦'名义存留的就只有驾照而已。"

东云无言摇头。笘筱要发言就只有趁现在。

"管理官，属下可以发言吗？"

"要说什么？"

"被害男子显然是以伪造的住民票假冒身份的。而上个月二十八日，有一名女子在气仙沼海岸服毒自杀。"

东云一脸怎么突然扯起不相关的事的表情。井筒和山根也一样，唯有知道内情的石动嘴角极其不快地往下扯。

"她的票卡夹里有驾照，但上面的名字和住址是至今仍行踪不明的内人的。"

"什么？！"

笘筱的话让一众调查员议论纷纷。

"当然，自杀的女子与内人是毫不相似的两个人。但是，调查她的身份时，我们发现她面试时所带的住民票同样是伪造的。只不过，她从事的是特种行业，雇用单位无法发行身份证件，不得不靠伪造取得驾照。"

笆筱简要说明自"贵妇人俱乐部"的栗俣处访查的内容与后续的调查结果。一开始一脸莫名的东云也听得身子渐渐往前。

"鬼河内啊，一个令人难忘的名字。的确，如果是那对恶魔夫妇的女儿，也难怪会想隐姓埋名。"

"目前鬼河内珠美与这次遭到杀害的被害男子之间还找不到关联，但属下认为值得一查。"

"共通点是伪造的住民票吗？同时期发生类似案件或许不是巧合。"

东云低声说，食指开始轻敲桌面。东云这个习惯，不但笆筱，凡是县警搜查一课的没有人不知道。这不是迷惘，是在推敲发言者的真意时的动作。

"采用你的提案的话，气仙沼署也会被扯进来。"

"气仙沼署的案子是以自杀处理的，但属下认为在搜查情报共有的基础上可以寻求协助。"

"你是说，追溯伪造住民票的大本营，就能找到嫌犯？"

"以目前被害男子身份不明的现状而言，这应该是一条有效的线索。"

笆筱说，同时有种被看不见的线缠住的感觉。东云并非思虑浅薄之人。他擅长以对方的发言作为凭据，在交谈中慢慢缩紧罗网，让对方在不知不觉间答应他的要求。

那么，东云想要让自己拿出什么承诺？笘筱必须慎选用词。

"那人用的假名是你老婆的名字是吧？"

"是的。"

"换句话说，就是有人盗用了你老婆的个人资料。这里头没有掺杂私人感情吧？"

"完全没有。"

笘筱有把握自己连一根眉毛都没动。他的脸皮应该够厚，至少不至于被上司看穿真正的心思。

"同一时期发生了两起住民票伪造案。就像管理官说的，如果这不是巧合，就无法否认还有其他伪造的住民票在外流通的可能性。而另一个共通点也值得注意。"

"哦，说说看。"

"遭到伪造的住民票，用的都是东日本大震灾中失踪者的个人资料。"

会议室整个静下来。

"震灾以后过了七年。众所周知，关于东日本大震灾的失踪者，家属大多利用户籍法的特例，忽略失踪人死亡宣告的手续，办理了死亡证明。然而，还是有家属抱着一丝希望，至今没有办理。假如遭到不法利用的全都是这些失踪者的个人资料，那么类似的事件还会再发生。"

鸦雀无声的会议室里只有笘筱低沉的声音。这一瞬间，在场所有人明白了事情的严重性。

不仅是严重性。尽管失踪已七年，但至今仍不能瞑目的罹难者和其家属的悲恸，是他们每个人的切身之痛。

"你的意思我明白了。"

东云正面注视笘筱，说道："在调查被害男子命案的过程中，也必须查明伪造住民票的始末。必要时也可与气仙沼署合作。就由最先发现此事的你进行这方面的调查吧。但是……"

说到这里，他停顿了一下，嘴角微扬。

"只要有任何掺杂私情的行迹，就要请你离开小组。你好自为之。"

这就是东云的手法。

在全力要求的同时，对控制也绝不松手。这般精明老到，才是东云的真本事。

笘筱视线一转，只见坐在前台边缘的石动正贼笑着俯视这边。

"目前，我们需要彻底清查现场周边。待鉴识分析结果出炉后加紧查明被害男子的身份，以掌握其人际关系。公开被害男子的照片，广征信息。另外，在伪造住民票方面，取得正本，追查伪造来源。"

就初始阶段的搜查方针而言，这算是十分稳妥。调查员没有异议，也没有疑问，三三两两离开。

笘筱心底残留着被东云操纵的感觉，正处在好像吞了什么异物的心情中，莲田从身后走过来。

"你刚才害我捏了一把冷汗。"

"怎么说？"

"你那不是正面对管理官有意见吗？"

"那不叫有意见，是禀报。"

"不管是什么，笘筱和管理官对杠的画面我实在无福消受。"

莲田没有再多说，但显然是怕笘筱因私愤而冲动。

4

依照搜查方针，警方立刻向全国公开自称天野明彦的男子的照片。按下以不正当手段取得驾照一事，征求无名被害人的情报，结果当天便接获一百多则回报。南署的调查员一一奔走查证，但过了两天，尚未有显著成果。或是几分相似，或是恶作剧，一直挥棒落空。

另一方面，笘筱打开了扣押物品中天野明彦名下的存折。从后面探头看的莲田用震惊的语气喃喃说："怎么说呢……真是个活在当下的人啊。"

存折里的出入记录很单纯。存入栏在月底会有"冰室冷藏"汇入的薪水二十四万多，第二天或第三天便会领出十万元左右，到了月中又会再领十万多元。十日会扣缴水电费，所以到了发薪日前几天，余额一定都只剩下三位数或四位数。最后记录的是六月十二日，从ATM提领十四万元，结余二百五十六元。

"笘筱先生推测他遇害时身上的一万七千五是全部财产，还真的说中了。"

"从赛马报上红笔做记号的数量来看，他应该在赌博上花了不少钱。薪水几乎全用在生活费和赌博上了。"

不存钱，也不改善生活。一直过着这样的日子，慢慢地，人就会疲累，就会绝望。疲累和绝望的尽头便是怨叹和愤怒。

"只是我们不能光凭存款和手上的现金，就论断他本人的经济状况。"

笘筱抓起挂在椅背上的西装外套，走出办公室。莲田急急跟在身后，也就不必特地告诉他要去哪里了。

他们一到"冰室冷藏"，立刻便去找室伏。

"很感谢警方没有公布我们公司的名字。"

在作业所一角的办公室见到面，室伏开口第一句便这么说。

"虽然我们并没有剥削或欺压天野……啊，自称天野的男子，但一旦公司的名字被写出来，一些没口德的人就会乱说。现在复兴的路才走到一半，我们希望员工不要为工作以外的事烦恼。"

"您看到新闻了？"

"看了。在那天之前一直在同一个职场上工作的人，竟然以那种形式上了电视，感觉很奇特。怎么说呢，好像这边和电视里的世界连起来了，背上毛毛的。"

笘筱心想，这大概就是一般人的感觉吧。被断十指、杀人，这些毕竟不是日常。自己方圆十米内的世界与电视报道之间，耸立着一堵高墙。

"今天，我们是来请教被害男子的经济状况的。上次已经听您说过，他的工作态度认真，绝不掺和其他的事。但是，我们很想了解他平常的生活。"

"平常的生活指的是经济状况吗？"

室伏立刻表示出他的怀疑。

"遇害的人的经济状况对办案有帮助吗？"

"有。至少能为我们了解遇害的人是什么样的人提供线索。"

"就算他冒用了别人的名字，但要说死去的同事的不是，实在有点……"

这几句话表明，从这里开始，不会是好话，但笘筱不能不问。

"那或许就是他不得不冒用别人名字的原因。要让曾经是天野先生的他死得瞑目，即使对他本人而言不算体面的事，我们也必须一一查明。"

看着室伏，便知道他心中正在天人交战。然而，办案中的笘筱并不要求对方有崇高的道德操守。

不久，室伏一副认命的样子，轻轻摇头。

"上次我说过，看过他用手机看预测赛马的网站吧？"

"是。"

"他工作虽然认真，但就是那一点不好。他沉迷赛马，一下子就把薪水花光了。也因为这样，他中午都吃便宜的汉堡或泡面打发。事实上，他也常跟同事借钱。"

"有没有预支薪水？"

"我们公司是一概不准的。所以他就算月初会好好点定食来吃，到了月中，饮食也会突然寒酸起来。看他吃什么就知道他口袋里有多少钱。"

"他在职场上与他人发生过金钱纠纷吗？"

"这倒没有。就算借了钱，到发薪日他也一定会还。除了爱赌，他很认真踏实，大家也都是念着'真拿你没办法'就借了。我也是这样。"

室伏死了心般短短叹了一口气。

"那算是赌瘾，对吧？对钱不够严谨的确不值得嘉许，但也没什么好抨击的。自己的钱要怎么用是每个人的自由。而且我也说过好几次，只要工作态度认真，有个缺点反而显得可爱。"

"他在遇害当天，有没有什么和平常不同的地方？"

室伏略加思索之后，想起什么般说道："被您这样一问，我记起他在休息时间好像有点心不在焉。"

一走出办公室，莲田便小声对笆筱说："被害男子的财务状况比预期的还糟呢。"

"沉迷赛马，向同事借钱。一个落入慢性缺钱的恶性循环、存款余额只剩三位数、身上只有一万多元的人，晚间十一点在无人的公园遭到杀害。指尖和上下颚还遭到严重损毁，不过这应该是为了隐瞒身份而不是出于怨恨。"

"财务纠纷，而且是恐吓？"

"没钱的人去恐吓别人是世间常态，被恐吓的一方反击也是。而会去恐吓他人的人的手机里当然保存了电话等种种资料。看情况，也许连恐吓的把柄也存在里面。"

笆筱边说边思考自己的推论有多少说服力。目前为止，逻辑上没有太离谱的地方。被害男子与凶手相识这一点，依时间与地点来看也是合理的推论。

"他和凶手会不会是因为赛马认识的啊？"

这倒很有可能，但只要被害男子没有去县外的赛马场或县内两处场外投注站，要假设赛马是两人的接点，证据就太薄弱了。

"大崎市和大乡町的场外投注站都设置了监视摄影机，只要拍到被害男子和谁在一起，就捡到宝了。"

"要是能那么顺利，我们就不用这么辛苦了。"

然而，笘筱也没有凭据能全盘否决这个可能性。但若要这么做，不管最后能不能找出被害男子的身份，都必须调阅东北各县内赛马相关设施的每一部监视摄影机。

"虽然不会顺利，但还是有必要向项目小组禀报。"

现今脸部辨识系统发达，搜寻影片并不费事。麻烦的反而是取得各地监视摄影机的资料。要是目前运作中的鉴识抽不出人手，就必须出动科搜研的人。无论如何，项目小组扩大都不令人乐见。虽不是人多反误事，但靠一味增加调查员期待效果变好，只能在地毯式搜索的时候。但这次连被害人身份都不明的情况下，能有多少效果就令人怀疑了。别的不说，笘筱都已经能预料到东云不愿意扩大项目小组的情形了。

总之，要以查出被害男子的身份为最优先，否则极可能会妨碍其他调查的进展。

宿舍扣押的私人物品和迹证的分析不知进行得如何，笘筱很挂念。但第二次搜查会议中，鉴识的报告没有明显进展。

"说到这儿，今天一整天在署里都没看到鉴识的人啊。"

"好像一大早又去了'冰室冷藏'的宿舍。"

可能是鉴识课里有同仁，莲田对他们的动向颇为灵通。若这则消息无误，就表示鉴识课认为宿舍还有值得扣押的东西。若能采得新的迹证，案情就可望有所突破。

笘筱决定再去一趟宿舍。

宿舍用地内只停了一辆鉴识的厢型车。上了楼梯，那个房间前站着警察。

"里面正在进行鉴识作业。"

作业中调查员不得入内。

"能不能帮我叫一下两角先生？"

麻烦警察传话过了十五分钟，两角出来了，毫不掩饰被打断作业的怒气。

"笘筱先生，到底有什么事？你又不是那种不懂得我们在干什么的冒失鬼。"

"我想了解鉴识重回现场的用意。"

话说得太过开门见山，两角像是被抢占了机先，表情僵了。

"我不会说跟搜一无关，但鉴识的事我可没有义务一一向你报告。"

"既然如此，就原谅我乱猜了。是不是因为先前扣押的采样没有任何进展？"

两角默默瞪过来，等于是默认了。

"从寝具中应该采到了毛发和体液，或许也验了DNA，可是数据库比对没有结果。剩下的，就只有再次搜索被害男子房间，更进一步采样这个办法。这对鉴识来说是面目扫地，但又不得不遵从管理官的指示。"

这样咄咄逼人令筥筱感到自我厌恶，但对不爱说话的人很管用。果不其然，两角百般不愿地开了口："我们和你一样，都是公门里的人，要依办案方针行事。为了鉴识的名声，不带点东西回去也会影响士气。"

"鉴识中有很多像两角先生这样经验丰富的人才，不可能为了姑且一试而重回现场，一定是有什么胜算吧？"

"你是要我现在在这里说？"

"跟搜一不是无关的对吧？"

抓人语病也不是筥筱的惯常做法，但这种程度还算在容许范围内吧。一直努力阻止自己冲动行事的莲田这时也静静旁观两人对话。

"……被害男子在指尖涂抹瞬间接着剂，试图彻底隐藏指纹。这个办法的确奏效了，房间里一个指纹都采不到。但不管他本人有没有意识到，还是有盲点。"

"使用后剥下来的接着剂覆膜对吧？"

"对。覆膜内侧留下来的指纹是最清晰的。既然接着剂的容器放在浴室里，可见重贴覆膜平常是在那里进行的。换句话说，剥除的覆膜极有可能在浴室被冲掉。"

"要清排水管吗？"

"要施高压让浴室排水管里的东西排出来。当然，排水管是连通的，各房间的污水也会一起排出来。我们要把那些摊开，一个个挑出来。"

这光听着就仿佛如闻其臭。但这类不干净的工作，鉴识也当作日常业务在做。笘筱连眉头都不敢皱一下。

"排水口就在这后面。"

两角丢下这句话便从两人旁边穿过并下了楼梯。既没跟他们说过来，也没说不要来，但无言的引力让笘筱和莲田只能跟着他走。

他们绕到建筑后方，只见有一个孔盖是打开的，四周围着三名鉴识课员。旁边铺着蓝色塑料布，就等污水排出来。

"可以的话我也来帮忙。"

"不必。让外行人帮忙只会越帮越忙。你也一样吧，要是我们说要一同访查现场、周边或是追查人际关系，你一定也不会有好脸色。"

一针见血，笘筱无话可说。

"我不是不明白你们搜一着急的心情。"

两角的眼中忽然同情之色大起。

"尤其是笘筱先生，你太太的个人资料被盗用了。你的干劲儿也比别人强一倍吧？"

"不，没这回事。"

"也不只是你。这话不该在搜查会议上说，所以我没作声，但几乎所有的人或多或少都失去了亲人或朋友。我敢说，你的斗志和愤怒大家都感觉到了。所以，相信我们就是了。"

两角的话当胸而入，话中同情与严峻兼具。

"这里就交给鉴识吧。"

莲田也从身后出声劝阻。这时候笃筱要是再坚持，就只会出丑。

"拜托了。"

于是笃筱只留下这句话便转身离去，也许自己在不知不觉中差点儿冲过头。

在感谢与羞愧交织中，笃筱回到县警，一个小时后，两角来电。

为的是通知他们，已从污水中采到了疑似接着剂的覆膜。

卖家 与 买家

1

从宿舍排水口采到的接着剂覆膜是不到一厘米的一小块，但对项目小组而言，这是一份大礼。

覆膜立刻用警察厅的指掌纹自动辨识系统进行比对，很快便发现与一名前科犯的指纹一致。

真希龙弥，一九七四年五月七日生。二〇〇六年二月八日闯入宫城县栗原市内一家便利商店，以刀刺伤店员并夺取现金五万两千元。被捕、送检后，于同月二十三日被判九年徒刑。二〇一五年二月服完刑后，自宫城监狱出狱，其后消息不明。

"其后消息不明，还真是很没温度的回答。"

莲田开着便衣警车对笘筱说。

"一般出狱后，不是去监护人那里就是投靠亲人吧，这样怎么还无法掌握行踪？"

"真希的亲人有等于没有。"

看过数据库里真希的前科，笘筱已大致能推测状况。

"真希的故乡是大崎市，但他二十一岁还住家里时，就因盗窃被捕。从此就和家里没有联系了。第二次抢便利商店时，店员受的伤虽然属于轻伤，他却没有得到酌情量刑，就是因为他是

116

再犯。"

"人家是事不过三，他是事不过一啊。要是父母、手足伸出援手，也许他就不会去抢便利商店了。"

笆筱没有应声。不光是资质，也不光是家庭环境，亦不是对受刑人的支援体制，到底是什么令人走上犯罪一途，就连见过罪犯无数的笆筱也答不出值得参考的答案。

"就算亲人不帮他，要是监护人肯照顾，应该也不至于不知道受刑人的行踪和近况才对啊？"

"现在就是要去了解这些。"

两人要去的是富谷市的监护人的家。就算警察厅的数据库没有记录，监护人也应该知道出狱后的真希是什么样子。真希龙弥遇见了谁？是通过什么途径取得天野明彦的个人资料和住民票的？以现状而言，除了真希的监护人以外，找不到任何像样的线索。

"那天野……真希龙弥的监护人是谁？"

"一个姓久谷的人。有当过町议员的背景。"

监护人虽是保护观察所的所长推荐的国家公务人员，但因为是无给职，所以是政府的志工，又称观护志工。虽不需要特定条件，但很多都是具有公职背景或有虔诚信仰的善心人士，像久谷这类地方议员也很多。

但笆筱认为听到监护人便认定久谷是善心人士过于武断。久谷上一个工作是议员这一点也令人有所顾虑。并非每一个议员都是善心人士，有些人也视监护人为一种荣誉职衔。总之，不见到本人很难说，但他若能多少提供一些出狱后的真希的资料，是真善还是伪善都不重要。

二〇一五年二月出狱到二〇一六年六月去"冰室冷藏"上班的这一年多的时间，真希在哪里？做些什么？与谁接触？要是无法从中找出蛛丝马迹，便无法查出他是如何得到天野明彦的个人资料的。

富谷市日和台。这一带国道4号沿线的丘陵地上新兴住宅林立，人口因其作为仙台的卫星城市而增加。从最初的社区落成到即将过完半个世纪的现在，人口仍持续微增。

久谷的住处位于住宅区最靠边的一端。或许是这一带最老的住户，从加盖部分就看得出那幢木造二层楼的建筑已有相当的屋龄。

根据事前调查，久谷现年七十八岁。担任町议员是过去的事，最近连续两次落选。来玄关应门的久谷虽俨然一副慈祥老爷爷貌，眼里却没有笑意。

"我们是宫城县警的筈篠和莲田。"

"执勤辛苦了啊。"

久谷虽将两人迎入客厅，却以妻子出门不在为由，完全没有款待客人的意思。

客厅里挂着裱了框的町议会议员当选证书。笐筱不太喜欢会在接待来客的地方炫耀自己的成就的人。

"两位是为了真希龙弥而来的吧？一次来两个警察，他又干了什么好事？"

笐筱仔细观察久谷的表情。要是闪过任何一丝揶揄他们的神色，就有可能是已经知道真希的末路了。

"真希死了。"

笐筱这样一说，久谷立刻露出眯起眼远眺的神情。

"这是真的吗？"

拜侦讯访谈过无数人之赐，除非对方是诈骗惯犯，否则笐筱从一个反应就能看出其是否说谎。久谷的反应不像是演出来的。

"六月二十日，有人在仙台市内的富泽公园发现了他的尸体。"

"是被杀的吗？"

"您为何会这么认为？"

"至少在我看来，他不是个会自杀的人。"

"久谷先生在真希出狱后照顾过他。我们今天来打扰，是想请教当时的状况。"

"你们想知道真希刚出狱时的状况，就表示还没有凶手的眉目是吧？"

久谷眼中深处隐约可见猜疑。看来比起凶手案情，他更提防命案和自己扯上关系。

"话先说在前头，我可没去过什么富泽公园。"

"我们并没有怀疑久谷先生。我们一心只想了解真希龙弥的交友情形。真希因为是再犯，被判了九年徒刑。一般在监狱里过了九年，墙外的朋友会变少。"

"是啊，是有这种倾向。"

久谷一副内行人的神情点点头。

"至今我照顾过不少人，一开始他们都大惊失色。电视变薄啦、手机变成智能的啦，跟不上世界的变化。或许墙内墙外的时间流速不同。"

"简直就像浦岛太郎。"

"浦岛太郎这个比喻很妙。他们无法适应现状的样子，的确像是民间故事里的人。只不过浦岛太郎是因为做了好事受邀到龙宫一游，服刑人却是恶有恶报才进监狱受处分，似是而非。"

或许自以为语带机锋，久谷嘴角扬起。笃筱并不认为每个从事议员工作的人都是如此，但久谷对服刑人太过欠缺同理心。才短短交谈了几分钟，他的话一点都不像监护人。交由笃筱主导访谈的莲田眉宇间也露出厌恶之色。

久谷是七年前开始担任监护人的。正好是町议会议员落选之时，令人不禁揣测他是否试图以公家志工活动来拉票。

切莫小看拉票，对曾经尝过当选滋味的人来说，空闲时间的志工活动根本不算什么。只要帮一下受刑人就能赚几十票，何乐而不为？

"那么真希怎么样呢？"

"他也是浦岛太郎。就连生活在墙外的我都觉得九年相当长了。这期间，日本改朝换代，还有……发生了东日本大震灾。"

在提到震灾时，他的声音到底是低了几分。

"震灾当时刑警先生在哪里？"

"我当时在办案，是在县内。"

"那么，你有没有从相关人士那里听说宫城监狱里的情形？"

"不巧，我认识的监狱管理员不多。"

"监狱这种地方，建筑本身就很坚固，听说那场震灾也没给其带来丝毫影响。而且储备了充分的水和粮食，所以他们的日常生活不像墙外变化那么大。虽然不是每天，但也能洗澡。对那些家人和财产都被冲走、不得不在避难所生活的人来说，监狱里的生活才是龙宫吧。"

久谷以满腹怒气的语气说。富谷市当然也遭受了灾情，他也许是因为安分守己的市民正饱尝辛酸，却得知罪犯在铜墙铁壁中过着衣食无虞的生活，因而愤愤不平。毕竟，监狱是靠税金营运的。假如久谷真是为了选票才当监护人，可以想见他的心情一定很复杂。

"真希出狱后一开始最吃惊的，是遭震灾肆虐后尚未重建的市容。他是二〇一五年二月出狱的，那时候震灾才过了四年，复兴工程进行到一半，他说简直像来到别的国家。"

久谷说真希服完刑回来变成浦岛太郎，也是因为市容变了样。

"突然闯进了陌生的'国度'，也就不会有以前的朋友来找他。他自己也发过牢骚，说第二次被捕之前的朋友都鸟兽散似的不见了。"

"出狱后，真希就住在久谷先生您府上吗？"

"只有一星期而已。"

久谷说完，恨恨地哼了一声。

"我为他劳心劳力，他却住一个星期就走了。"

"那期间，有没有狱友来找他？"

"没有。"

久谷冷冷地回答。

"我是看过他经常玩出狱时发还的手机，但要是问有多少人来找过真希，答案是零。就我所知，没有人来找过他。"

"真希出狱后立刻就去找工作了吗？"

"富谷市向来是发挥住宅功能的卫星城市，本来就不是人力需求会暴增的地方，再加上震灾后公司一家接着一家倒闭，他迟迟找不到工作。反而是仙台市最先升起复兴的希望，也有些工作机会。但是，仙台那边我就没有朋友了。刑警先生对受刑人的就业情形有所了解吗？"

"很遗憾，我们忙着逮捕犯人。"

"我想你大概猜得到，愿意雇用有前科者的企业不多。对于愿意雇用保护观察对象者的企业，法务省提供每年最多七十二万元的奖励金，问题是要一年七十二万的补助，还是要雇用有前科者的风险呢？"

久谷的语气更冷漠了。

"身为监护人，无论受刑人有什么前科，我做的事都差不多，但雇主就不一样了。轻微的盗窃和强盗、伤害的风险完全不同。"

"您的意思是，真希是因为强盗罪和伤害罪而被判刑的，即使要找工作，门槛也很高？"

"实际去介绍就会非常有感触。不光是监护人，我连前町议会议员的头衔也全用上了，但无论哪家企业，一听到前科是强盗罪和伤害罪就把要伸出来的手缩回去。"

笘筱大感意外。原以为久谷有点太爱权力，但若是他不惜拿出头衔来帮助受刑人，他们对他的看法也就会有所不同。

"我找了两三家我能想到的企业，结果很惨淡。他本人一定也料到了吧。我告诉他面试被拒绝了，他也不怎么失望，然后就走了。"

"他有地方可去吗？"

"这我就不知道了。他说继续再麻烦我于心不安，要自己想办法找工作，但我不相信那一周他就能找到门路。要是真有门路，怎么想也只有狱友了。他最后发的牢骚，都是对墙外的怨恨。"

"什么样的怨恨？"

"在监狱里被人用囚犯编号喊的时候，他不在意，也没人要他在意。强盗和伤害的罪状虽不光彩，至少不丢脸。然而一到外面就全倒过来了。一说前科是强盗罪和伤害罪，马上就会吃闭门羹，光是说出真希龙弥这个名字，人人就会赏他白眼，他说真想干脆连前科带名字全都丢掉。"

笃筱不禁与莲田对望。这会不会就是真希想得到他人个人资料的起因？

"老实说，那是我最深切感到自己无能的时候。监护人的立场也好，前町议会议员的头衔也好，在世人的偏见面前一点用处都没有。"

原来久谷的心情不佳来自他的自我厌恶。笃筱自省：自己看人的眼光还不够老练。

"关于真希，我当初只听说他有盗窃罪和强盗罪、伤害罪的前科，所以对成为保证人有所犹豫。然而实际见到他本人，才知道他是个胆小柔弱的人。我没有刻意问，就是聊一聊，原来他是在闯进便利商店时，跟店员扭打才害人受伤的。他本性不是个凶恶的人，只是个性多少有些懒散、不机灵而已。当然，他的行为不可取，但既然都好好服完刑出狱了，就算是赎过罪了。我不是不懂雇主那边的顾虑，可是做人不应该有偏见。"

可以透露多少案情呢？事情很微妙。笘筱慎重斟酌用词，提出了以下的问题：

"他说他想丢掉名字，接着有没有再说什么？例如想冒别人的名之类的？"

久谷听到这个问题，露出搜索回忆的样子，但很快便摇头："没有。他没有说过这类的话。"

"真希在富泽公园遭到杀害时，是用另一个名字生活的，在他工作的职场也是用那个名字。"

"录取的时候不是一定要有住民票或身份证件吗？"

"我们怀疑可能有人教唆他违法使用他人的个人资料、住民票。这不是真希一个人就能办到的。"

"不机灵的人就更不可能了。"

久谷看似平静，心中也许正在燃烧怒火。

"要是我想到什么，一定会跟警方联络的。"

离开久谷家后，笘筱和莲田开车前往大崎市。真希与家里没有往来是通过宫城监狱得知的情况，不直接问他的家人便少了可信度。

"可是笘筱先生，他不过是因盗窃被抓，家人就不去探监了。那他家因为他抢便利商店跟他断绝关系也就不难理解了啊。"

"就算这样，他出狱以后还是可能会和家里联络的。总之，真希出狱以后曾经试着和某处接触是事实。我们只能从关系人开始一个个去问。而且，也必须通知家属他本人死亡的消息。"

大崎市三本木地区，地震造成的灾情较海啸更为显著。综合行政中心等大型设施挑高的天花板大范围崩塌，市区道路处处龟裂、塌陷。现在震灾的遗迹已不明显，但裂缝未经修补的空心砖墙、化为废墟的店铺就地暴露着残骸。

真希的老家也刻画着震灾的伤痕。墙上爬着龟裂，雨水管中间被压扁。震灾已过了七年仍未修补的事实，透露了真希家的财务状况。

对照信箱，上面只写着"真希菜穗子"。

通过对讲机说明来意后，一个娇小的白发妇人自玄关露脸。

"龙弥入狱后就再也没有消息了。两位特地跑这一趟，我也没有什么能奉告的。"

她就是真希龙弥的母亲菜穗子吧？顶着发髻上松掉的白发和眼尾深深的皱纹，打从一开始便摆明了要赏闭门羹，但笘筱的一句话让菜穗子的态度为之一变。

"真希龙弥先生六月二十日被人发现死于仙台市的富泽公园。"

126

"咦……我没听说过这则新闻。"

"我们发现尸体时并不知道真希先生的身份，一直到昨天才终于查明的。"

"骗人。"

菜穗子说完就要关门。笛筱把脚伸进门缝挡住了。

"不是骗人的。县警的调查员会特地跑到大崎来骗人吗？"

"没有消息是真的，所以我没有什么可说的。"

"那么，至少让我们报告令郎已死的事实。我们也不想白跑一趟。"

菜穗子犹豫了一瞬，夹在门缝里的那只脚所受的压力一下子解除了。

"……请进。"

在富泽公园发现尸体后，警方便公开了死者的大头照。既然有家属，项目小组理应会接到通报才对，却也没有。其中原因至今不明，但被带进客厅后，笛筱总算明白了。

因为客厅里不见电视，也不见电脑。

映入眼帘的，是一幅貌似真希父亲的老人的遗照，高挂在靠近天花板的墙上，睥睨客厅。

"龙弥真的死了？"

菜穗子问起，笛筱便取出驾照的照片。

"请忽略驾照上的姓名和住址。"

"啊啊、啊啊、啊啊。"

接过照片的菜穗子呓语般惊呼，跌坐在地。

"……这……这是龙弥没错。"

"您家里好像没有电视？"

"龙弥去抢便利商店那时扔了。我们实在不愿意听到新闻天天播龙弥的名字。"

"没有电视，要是再发生地震不是很困扰吗？"

"现在手机里都有地震速报……"

"但我想一般人也不太会把电视整个扔掉。"

"是我先生说要扔的。"

菜穗子抬头看着遗照说。

"龙弥抢便利商店那时候，新闻播了快一周。那段时间，我怕街坊邻居的眼光，怕得一步都不敢出门。"

"具体上有遇到恶意捉弄或诽谤中伤吗？"

"倒是没有……可是，我先生说一出去就会被人指指点点，叫我不要出去。"

笃筱再次看了遗照。里面的人长相看起来就很严厉，仿佛随时会从遗照中破口大骂。

"您先生是个相当严厉的人吧？"

"大概是当中小学校长的关系吧……再加上龙弥是独生子，所以他管得很多。龙弥头一次偷别人钱的时候，他气得简直头上要冒火了，我费了好大的劲儿才劝住他。"

"府上是从那时候开始疏远他的吗？"

"因为那时候我先生还在职，所以严禁曾经被捕的儿子靠近家里。"

这是父母不宜过度严格的一个例子。尽管犯罪是事实，但年纪轻轻就失去依靠，比有依靠的人更难重入社会。经济困难的真希之所以重蹈覆辙去抢便利商店，家庭环境或许也是原因之一。

"您先生是什么时候过世的？"

"两年前。"

两年前，正是真希开始在"冰室冷藏"上班的时候。

"就时期而言，那时他已经出狱。他没有跟您联络吗？"

"之前被捕的时候，他父亲就宣布跟他断绝关系了。从那之后，真的连一通电话都没有。"

菜穗子恨恨地说。不知她恨的是丈夫，还是龙弥。或许连她本人也不知道。

"我先生在家里也是校长。他的教育方针和放任完全相反，他常常骂龙弥。龙弥是个好孩子。虽然是好孩子，却一直躲在别人背后。我先生也很讨厌他这样依赖别人的毛病。"

也难怪龙弥会和父亲不亲，在家里待不下去。

"可是他是个善良的孩子，从来没做过伤害别人的事，反而都是被欺负的那一方……后来他交了一些坏朋友，开始跑弹珠店，常常不在家。他的成绩上不了大学，后来连工作都找不到的时候，出了第一次的事。”

“也可能是怕您先生在气头上，不敢联络吧？”

“我好几次都想跟他联络，可是我先生不准。他很固执……”

不难想象一个在家拥有绝对权威的丈夫与一个服从的妻子，笘篠无意鞭尸，但做丈夫的肯定不只管儿子，连妻子的一举一动都要管，否则便无法解释菜穗子在丈夫死后仍谨遵他的吩咐不和儿子联络的行为。

菜穗子终于缓缓抬头。

“您说龙弥在公园被发现，他是自杀的吗？”

“不是。”

“那就是被杀的了。”

在富泽公园发现的男子死于他杀一事，新闻已公开报道过。也没有必要在此加以隐瞒，应该告诉亲生母亲。

“他的身体有部分遭到损毁，令人无法立刻判别身份。”

“遗体现在在哪里？”

“安置在南署的太平间。”

“请让我见他，现在、马上。”

菜穗子还坐在地上，便直接低头恳求。

“求求您，求求您。”

看着她伤心错乱的样子，实在悲哀。笘篠的手搭在菜穗子肩上，要她冷静下来。

莲田看不过去，插嘴说道："除了伯母，没有人能为令郎办后事。"

"啊……"

"您认过令郎之后，我们会将遗体连同相验尸体证明书一起交还给您。您只要向市公所提出相验尸体证明书，就会核发火葬许可。"

听莲田说明接回遗体到葬礼的流程，菜穗子似乎终于回神，好像发现自己如果不振作一点，连儿子的葬礼都没办法办。

听莲田说明完，菜穗子摇摇晃晃地站起来。

"两位问了这么多关于龙弥的事，是因为还没有抓到凶手吧？"

"很惭愧，警方昨天才终于查明龙弥先生的身份。"

"请一定……"

她的声音仿佛是从身体深处挤出来的。

"一定要抓到凶手，要惩罚凶手，不然我太对不起龙弥了。"

夹着呜咽的话从捂住脸的双手中透出来。

"亲生儿子出狱、被杀，我一直到此时此刻才知道。我……我这个母亲实在是太糟了。"

呜咽持续了好一阵子。

"我好久没这么生气了。"

离开真希家时，莲田反常地愤慨。

"真希龙弥拿到了天野明彦这个新名字，代价是必须忘记与真希龙弥有关的所有人。是这样没错吧？"

"鬼河内珠美也一样。为了隐瞒身为罪犯夫妇之女的身份，以前的名字和生活都必须丢掉，只能找不需要身份证明的工作。"

为逃避过去而挣扎的人们，最后被逼得走投无路而没命，说讽刺还真讽刺。

"他们两人的共通点，是用本名活不下去。不是本人有前科，就是家人有前科。有人把失踪者的个人资料卖给这种处境的人。"

"杀害真希龙弥的凶手会不会就是这家伙？"

"可能性不小。无论如何，我们要追查的都是卖个人资料的人。"

"可是鬼河内珠美和真希龙弥都死了。就算有别的用新名字生活的人，他们也不会主动承认啊。"

"不是找'下游'，要去找'上游'。"

"看样子笘筱先生有门路啊。"

笘筱没有明确回答，但真希曾是服刑人，这一点便立刻使搜查范围缩小了。

服刑人的圈子就是这么小。

2

一查出真希龙弥的身份，项目小组立刻活跃起来。不知被害者姓名就无从调查人际关系，而前科犯的交友范围自动便缩小了。大家在这方面的看法与笘筱相同。

真希在宫城监狱服刑九年。监狱内服刑人之间几乎是全面禁止交谈的，但不可能因此便全无往来。背着规定偷偷来，或是公然建立交情的情况并不少。怀疑贩卖失踪者的个人资料给真希的是狱友，可以说极为合理。

而最了解服刑人的人际关系的，非服刑人本人与监狱管理员莫属。

笘筱与莲田获派负责访谈监狱管理员，前往宫城监狱。

在附近的停车场停好车，两人站在大门前。深具时代感的红砖大门巍然耸立。转头一看，莲田似乎很紧张。

"我是第一次来监狱。"

他一脸含羞与好奇交织的表情。

"明明离县警本部不算远，我们抓到的犯人也都收容在这里，却很神奇地没有机会来。"

"因为监狱不但是刑事设施，也是更生设施啊，与警察没什么缘分也没什么好奇怪的。"

宫城监狱内设置了木工、印刷、裁剪、皮艺的作业工场。一问之下,原来具有娴熟作业能力的服刑人员不在少数,呈现出宛如职业训练所的样貌。

另一方面,宫城监狱里也有仙台矫正管区内唯一的死刑设备。兼具刑事设施与更生设施的双重性质使宫城监狱显得十分独特。

两人经过大门,走向看守楼。正如从久谷那里听来的,监狱的外墙以坚牢著称,古色苍茫又厚重笃实。

笘篠事先已提报来访目的,因此立刻便见到他们要找的监狱管理员。

东良主任看守——监狱管理员资历十二年的老手,隔着衣服也看得出其肌肉结实。只不过表情缺乏变化,笘篠正面看过去,他也没有露出一丝客套的笑容。

"不好意思,在您百忙之中前来打扰。"

"哪里,这是工作。"

不要说眉毛,东良连一块表情肌都没有动。就算是为指导服刑人练出来的,也让人觉得像在对着雕像说话。

"我们今天前来,是想请教关于以前曾在此服刑的真希龙弥的事。"

"真希龙弥。"

东良以平板的语调复述。

"不好意思，如果您知道的话，能不能告诉我囚犯编号？对于囚犯，我们都是以编号来称呼的，而不叫名字。"

"听说是五二四七，闯便利商店的男子。"

"五二四七……我想起来了。因强盗罪和伤害罪被判了九年徒刑的人。"

"他是二〇〇六年进来这里的。"

"在我还是一般看守的时候，我记得。"

"真希……五二四七是个什么样的服刑人员？"

"什么样？"

被问到的东良顶着一张面具般的脸沉默了。还以为他拒绝作答，但看来似乎是在搜寻记忆。

"没有特别的印象。我记得他没有反抗过管理员指示的言行，态度非常服从。"

因为分不出他是开玩笑还是认真的，笃筱犹豫着不敢笑。只怕没有多少人敢在监狱内反抗监狱管理员。

"我们想请教的不是他对监狱管理员的态度，而是与其他服刑人员的关系。五二四七有没有特别亲近的服刑人员？"

"原则上，服刑人员之间能够交谈的时间有限。因此，与特定服刑人员亲近的可能性很低。"

"东良先生，我们不是来请教您监狱所的原则和主张的。"

笘筱判断再这样下去没完没了，便出示用天野明彦名义办理的驾照的照片。

"囚犯编号五二四七真希龙弥，出狱后一直冒用天野明彦这位失踪者的身份就职、生活。但前几天，真希龙弥被人发现死于富泽公园。而且为了不让人找出他的身份，双手十指指尖和上下颚都被破坏了。"

东良的表情发生了一丝变化，像是疑问冰释般点了头。

"富泽公园的命案我听说了。总觉得那张照片很眼熟，原来就是五二四七吗？"

平淡的语气令人感到不太对劲儿。真希龙弥无论遭遇什么惨事，对这个人而言也不过就是一个有编号的囚犯吗？

争论东良的人性没有用，但坐在旁边的莲田似乎不这么想，一点也不掩饰他的不满。在这里与访谈的对象争辩没有任何好处，笘筱向莲田使眼色要他忍。

"真希龙弥应该是取得住民票后假冒失踪者的身份的。但是，一般要取得别人的住民票并不容易。应该是有人从中向真希介绍，或是将个人资料卖给了他。"

"所以您怀疑可能是服刑人？"

"世道艰难，而一旦入狱，在里面自然会认识人。虽然依规定服刑人员之间除了限定的时间之外禁止交谈，但监狱管理员也不可能随时监视所有人。"

"这是怀疑我们的工作能力吗？"

"我的意思是，就算服刑人员之间走得近，也不能怪监狱管理员。"

交谈之后，笘筱便发现东良的防卫意识很强。要让他开口，只能主动先给免罪符。

"像东良先生这么资深的监狱管理员，服刑人在监狱里的悄悄话和传闻都会传进您耳里吧？我们要收集的就是这类情报。"

东良眼睛一眨不眨地望着笘筱。还是看不出他的情绪，笘筱渐渐开始着急。

"县警的搜查目的是逮捕杀害五二四七的凶手吗？还是查出售卖失踪者个人资料的人？"

"我个人认为这两件事是同一件事。而逮捕此人也能进而预防模仿犯的产生。"

笘筱与东良又继续互瞪。

老实说，笘筱认为所谓预防模仿犯才是警方不切实际的主张。因为人们的偏见，这些人用原本的身份连一份正当的工作都找不到。冒用别人的身份固然违法，但不这么做便活不下去也是事实。他也认为，要怪的应该是逼鬼河内珠美和真希龙弥不得不假冒身份的社会。

只不过在心情上，笘筱无论如何都不能原谅鬼河内珠美盗用奈津美的名字。在得知他们的苦衷之后，私愤之火仍在内心燃烧。

"既然要预防模仿犯，身为刑事设施里的一员，就不能不协助了。"

东良的语气太过公事化，一点也没有合作的意思。

"我不否认监狱里部分服刑人之间可能存在不当社交圈。正如笃筱先生所怀疑的，也许有不肖分子斡旋买卖个人资料。但遗憾的是，我没有直接看见或听见这类事实。"

东良曾经一瞬松动的情绪又凝结了。从他嘴里说出的话，听来就像没有温度的电子音。

再继续耗下去只是浪费时间。笃筱一如此判断，便迅速反应在行动上。

"是吗？那不好意思占用您宝贵的时间。"

笃筱轻轻行了一礼，站起来。莲田也只好照做。

"我才不好意思，没帮上忙。"

态度贯彻到这种程度也算是一种本事，连致歉的话听起来都很公事化。受到如此冰冷的对待，笃筱很想多说一句。

"今天我们就此告辞了，但日后还要请您帮忙。毕竟，当模仿犯增加，隐瞒了真正身份的人在社会上横行，届时会发生更多像真希龙弥这样的悲剧。"

"说得真笃定。您有什么证据？"

"不管是披着羊皮的狼，还是披着狼皮的羊，顶着与内在不符的外皮只会越活越苦。而越活越苦的结果大多都是悲剧。"

"明明同样是在刑事单位工作的人，这么不合作太过分了。"

离开宫城监狱之后，莲田的不满还是没有平息。

"监狱管理员都那样吗？"

"同样是刑事单位，他们隶属于法务省，我们是归国家公安委员会管辖。双方的目标和要求都不一样。"

"可是他也太……"

"监狱里规定就是一切。服刑人员结党，密谋出狱后破坏这些规定，一介监狱管理员当然不可能大方承认。像东良管理员态度那么冷漠的，扪心自问，我们警察队伍中也有。无论如何，归属感越强的人，对外的防卫心就会越强。"

握着方向盘的莲田闹脾气般嘴角往下撇。笘筱不禁莞尔，心想原来他还有这么孩子气的时候。

"笘筱先生真看得开。"

"这我就意外了。我看你一副要阻止我失控乱来的样子。"

心里的焦急并没有消散。但了解鬼河内珠美和真希龙弥的苦衷之后，便对他们心生同情。

"受到那么公事化的对待还这么冷静，难不成笘筱先生，你掌握了什么吗？"

"有一个人选。一个在宫城监狱服刑时，备受服刑人信赖，一直谋划着出狱后的地下事业的人。"

该人选的基地位于宫城县多贺城市中央三丁目一栋复合式大楼的某一室。笘筱来过一次，认得路。

大楼脏脏的，内部楼层散发出的霉味，使得挂在门上的"帝国调查"的金色招牌显得更加廉价。

"笘筱先生，这里是……"

莲田似乎终于猜到笘筱要找的是谁，压低声音说。

笘筱对门外的对讲机视而不见，径自敲门。因为一说是警察，对方保证会装不在。

敲到第五次，门里总算有了回应。

"哪儿来的原始人啊？没看见对讲机吗？"

一个看来只会以威胁来沟通的男子露了脸。笘筱将警察手册拿到男子面前。

"五代良则在吗？"

被打了个措手不及的男子不作声。

"我们是搜查一课的笘筱和莲田，跟他说了他就会想起来的。"

男子缩进去后不久，还没见到人，里面的房间便传来一个熟悉的声音：

"好久不见了，两位。"

一张和刚才那个一脸凶相的男子截然不同的瘦脸出现了，挂着轻薄的笑容。

这个人就是五代良则。

"今天有何贵干？"

"对'调查帝国'的业务内容，有点事想请问。"

"搜索令……看来是没有的吧？那么就真的是纯访谈喽？"

"让刑警进办公室有伤门面吗？"

"哪里的话。我们是正派经营，对警方是全面协助的。请进请进，不过没什么能招待的就是了。"

笘筱与莲田便依言进了办公室。

五代良则有诈骗罪前科。目前的工作表面上是民间调查公司，但背地里是违法卖名单的，所以做的依旧是不能见光的买卖。

笘筱是因过去的案件认识五代的。办案中查出五代的狱友为嫌犯，在追查这条消息的过程中找到了五代。他知性的眼神令人印象深刻，头脑也很灵活。虽认为他大可不必刻意选择不正派的工作，但他本人似乎无意栖身清流。

五代请两人在会客的沙发上坐下，然后要部下拿一瓶白兰地和三个杯子。

"来一杯吧？"

"我们在值勤。"

"真遗憾。那我就独享了。"

五代抿了一小口琥珀色的液体。他肯定是明知他们会谢绝而故意这么做的，鄙视人的态度倒是一点都没变。

"那……有何贵干？"

"前几天，富泽公园发现一名男性尸体的案子，你知道吗？"

"哦，新闻有报道。不是听说手指全都被砍掉了吗？"

"我们对外公开了被害人的照片。"

"看到了。最近都是以贴在网络上的自拍照为主流，警方公开的却是有古早味的证件大头照。"

"你认得被害人吗？"

"不认得，难不成他有我们的名片？"

"对外公开的名字是天野明彦，但被害人还有另一个名字。"

五代的眼中警戒之色大起。

"砍掉十根手指是为了隐瞒真实身份吗？"

"是我们在问你。"

"公开的是证件照，可见是和伪造身份证件有关。这怎么会和我扯上关系？"

"遇害的男子有前科。判刑之后和你一样在宫城监狱服刑。"

五代脸上的冷笑扩大了。看来光是这两句话听完他就全都明白了。

"原来如此。所以怀疑我和死者认识，把他人的个人资料卖给他的是我？"

仅仅透露了最少的资料仍被一语道破，那么其他的再瞒下去也没有意义。

"其实还有另一项怀疑——天野明彦是震灾后的失踪者。"

"哦——"

五代有所领悟般点点头。所谓闻一知十便是如此。不禁令人深感这样的人不走正路实在可惜。

"我们是卖名单的，所以你认为我们要取得失踪者的个人资料、伪造住民票是小菜一碟是吧？嗯——震灾虽然已经过了七年，据说到现在还是有尚未宣告死亡的失踪者。用他们的个人资料来伪造住民票，只要亲属不办任何手续，就不用担心盗用会露出马脚。原来如此，着眼点倒是不错。这年头，用本名活不下去的人只会越来越多，运用3D打印机之类的新科技来伪造的技术也日新月异，商机也不小。"

五代唱歌般说了这一大串，不料却见他耸耸肩。

"但后发者没有多少好处可捞，这在哪一行都一样。"

"什么意思？"

"嘴巴说不如行动。请用手机搜索一下'代书、价格表、伪造'。"

在旁边听的莲田立刻拿起手机，打开其中一则，就出现了这样一张一览表。

户籍誊本（真有其人的正本）三十万元

毕业证书 十万元

成绩证明 十万元

护照 五十万元

住民票 十万元

印鉴证明 十万元

住民基本台账卡 六万元

医院诊断证明 十万元

薪资明细 十万元

薪资所得扣缴凭单 五万元

水电费账单 六万元

笕筱不禁瞪大了眼睛。代书是司法书士、行政书士[1]的别称，在黑市里指的是伪造文书者。笕筱万万没想到伪造文书竟如此正大光明地宣传。

"现在这种代书多的是。由于从事的人增多，供给增加自然就会导致削价竞争。这里列出来的价格已经比去年跌了将近一

1　日本的司法书士主要业务内容是为客户代办商业注册、房地产登记、准备司法诉讼文件等。行政书士则为委托人代办向政府行政单位提出的各式文件等，业务内容更加广泛。两者的主管机关分别为法务省与总务省，但均要通过国家考试才能取得专业资格。

半了。"

"这就是后发者没有甜头的原因吗？可是，用本名活不下去的人不是也增加了吗？"

"价格暴跌，商品质量就跟着降低，这也是商业原理。举例来说，官方文件的水印就需要有相当高度的技术和设备，十万根本不合算。要是干脆用低技术去伪造，立刻就会露出破绽。公所那些看惯正本的职员一看就知道是假的，根本不能用。不能用的东西有谁要买？"

伪造文书赚不了多少钱——五代的论点也有理，但如果专卖失踪者的个人资料，难道不是一门生意吗？

"看你的眼神，还在怀疑我对吧？"

"我想像你这么聪明的，即使削价竞争应该也能存活吧？"

"就是因为聪明，才不会对伪造文书这种低技术、低报酬的工作感兴趣。"

"那……你知不知道有哪些人可能会去碰这类工作？"

"我在牢里几乎没有能安心来往的人。之前我也说过吧，我择友的标准第一、第二都是认真老实。"

"你还说你想交的朋友和想交的生意伙伴是同样的意思。"

"这位刑警先生记忆力真好，连一些不用记的都记得。"

五代佩服般说完，恭恭敬敬地朝门一指："很抱歉，我能说的就这么多了。你们请回吧。"

这一趟纯粹是访谈，既然被请出门，就不得不走。

"我会再来的。"

"请不要再来了。生意以外的事，再谈对我也没有好处。"

他的应对虽不至于到外表恭敬、内里轻蔑的程度，却也让人火大地想朝地上吐口水。笘筱忍住想吐口水的冲动，朝门走去。

"两位辛苦了。"

笘筱他们被摆明了是挖苦的这句话送出门。

一回到车上，莲田的不满就爆发了。

"那家伙，狗眼看人低！"

"他早料到就算态度再差，我们也不能对他怎样。"

"笘筱先生认为他很可疑？"

"现在还不敢说。只是听他刚才的语气，他应该认识很多代书。只要拿到失踪者的个人资料，委托给代书伪造，之后再抽成也是一个办法。"

"要监视五代吗？"

"在那之前，必须先证明鬼河内珠美和真希龙弥与五代接触过。要是无法证明这点，项目小组也不会点头。"

这带有警告意味的说法也是说给自己听的。五代确实可疑，但若找不到他与两名死者的接点，就等于是先射箭再画靶。调查对象是黑道人物也可能成为蒙蔽视线的原因。

"就是啊，五代看起来就是很难被找到破绽的样子。就算他真的受托伪造住民票，也不会粗心到留下与委托人接触的痕迹。"莲田说。

"那就换个方向找。卖名单的信息来源不外乎公所和金融机构。只要找到五代与拥有失踪者资料的部署接触的事实，就会是突破点。"

莲田似乎接受了这个说法，点点头后转动车钥匙。

但笘筱自己并没有完全接受这个看法。

3

与五代的访谈虽未获得理想的成果，却也不算白跑一趟。在台面下卖名单的五代表示弄到的个人资料未经整理根本不能卖。

"买名单的顾客都有具体的目的，或者说目标。例如，目标人群要年收几百万元以上，或年龄在六十五岁以上，有房子、有价证券或不动产等。依目标不同，优先的资料就不同。当然也有顾客想要不止一项资料，于是就需要归户这道手续。"

归户，照五代的说明，便是整合、分类个人资料，排列出符合目标的优先级的手续。

"想叫人来办不动产抵押贷款，首要的条件便是对方拥有房屋；想说动别人买卖股票，就要找户头存款超过一千万元的人；

想开拓长照险新客源，就要找六十岁以上的人。换句话说，这些都是人们会向国税局或市政府申报的个人资料，而越是本人不想公开的详情资料就越有价值。当然，资料的单价也就越高。"

五代没有明说，但看来个人资料的来源很多是税务机关和市政府，将个人资料卖给鬼河内珠美和真希龙弥的犯人，也很可能是通过这个渠道取得材料——在东日本大震灾中行踪不明而至今未宣告死亡的市民的个人资料的。说到保存、保管这些资料的机构，人们首先会想到的便是各市公所。

"市公所的职员，有认真的，也有不认真的；有为市民着想的，也有只会奉承上意的。笘篠先生，只要资料有价值，就不能保证没有外泄的可能性。"

听五代这样大放厥词，笘篠懊恼的是自己却没有反驳的余地。正如同不是每个市民都品行端正，公务人员当中也有不肖分子。无论什么样的世界，都存在着一定数量为私欲所惑的人。

震灾发生之际，东北各警署与消防厅联手忙着找出失踪者。依流程，灾民一经确认死亡便要与各市公所联络。也就是说，市公所掌握了未申办死亡宣告的失踪者最终、最详细的资料。

话虽如此，突然闯进市公所质问是否有泄露个人资料的事情也不可能得到有利的证词。首先必须掌握是否有泄露个人资料的相关调查正在进行。

所幸笘篠在县警搜查三课有认识的人。一位名叫小宫山的调查员，重视水平关系更甚于垂直关系的人。他与笘筱年龄相近，曾经一起吃过好几次饭。

对于笘筱的突然来访，小宫山毫无厌烦之色。

"与政府相关的个人资料外泄，目前正在调查的案件？这和搜查一课的案子有什么关联？"

笘筱告诉他假冒失踪者姓名的两名男女相继死亡后，小宫山的脸色立刻严肃起来。

"你是说，有人假冒被外泄个人资料者的身份吗？"

"现在至少有两则实例了。有人把尚未宣告死亡的失踪者的住民票，给了以真实身份无法就职也无法好好生活的人。"

"这个卖个人资料的人真是两面不是人。失踪者的家属也是有不得已的苦衷才没去办理……"

小宫山说到一半就把话吞回去了。大概是想起眼前这个人也是没去办理失踪家人死亡的其中一人。

"最近，三课有没有接到这类报案？"

"是有人通过地方警署的生活安全课投诉，说每周都收到网络链接诈骗的请款单啦、好几家室内设计公司频频来敲门等。显然同业之间流传了同一份名单。"

"网络链接诈骗和装修诈骗吗？看来与我们的案子没什么交集。"

"那也不见得。这类架空请款从两年前开始激增。你那边的案子开始出现伪造住民票和驾照也是同一个时期吧？"

真希龙弥是二〇一六年到"冰室冷藏"任职的，就时期而言是一致的。

"包括失踪者的个人资料在内，恶意挪用名单的业者不止一家。但有不少刑警怀疑泄露个人资料的来源是同一个，我也这么认为。"

"有什么凭据？"

"你这样问，我很为难啊。"

小宫山搔搔头，仿佛真的很为难。这个人向来不会伪装，想什么便写在脸上，所以和他说话不会有压力。

"是在侦办中不能告诉一课的内容吗？"

就算想自制，笞筱的语气也忍不住尖锐起来。

小宫山没有见怪，而是观察笞筱的脸色。看小宫山似乎看出了自己的焦躁，笞筱有些尴尬。

"跟我来一下。"

小宫山站起来走出办公室。笞筱只能跟着他过去。

小宫山去的是设置于楼层一角的吸烟区。刑警办公室烟雾缭绕已是过去式了，最近凡是跟政府机关扯上边的建筑，无论哪个楼层都禁烟。面临危机的烟枪们只能可怜兮兮地往只有一坪（约3.3平方米）大小的吸烟室挤。

然而，濒危物种的栖息地也是常人不会靠近的场所。为了防止二手烟扩散，空间是密闭的，又位于监视摄影机死角，因此要谈机密的话，没有比这里更适合的场所。

吸烟室中央虽设有排烟机，里面仍沾染了烟味。四十年老烟枪夸口说"至少好过尸臭"，但这种说法只怕对双方都很失礼。

"其实，三课是等投诉的频率高到实在不能再推托了才行动的。因为我们怀疑泄露个人资料的，是包括仙台在内的各市公所。"

"这怀疑有根据？"

"每个公所都一样，都把包括个人资料在内的庞大行政文件存在各部门共享的服务器里。这共享的服务器几乎百分之百是租赁的，要定期更换硬盘，而且宫城县内的公家机关有八成是由'仙台租赁'这家公司负责的。"

资料处理系统加上维护所费不赀。除非自行开发，否则公家机关的服务器几乎都是租赁的，就连最高法院和防卫省都不例外。

"租用服务器的单位，绝大多数都把删除资料这件事整个丢给'仙台租赁'。一方面是因为文书工作过多，但更多的是有'东西是跟你们租的，你们能帮忙妥善处理当然最好'的心态。"

"说当然的确也是当然。租用的东西，要是没处理好，弄坏了还得赔偿。相信专业人士，交给租赁公司处理也比较轻松。"

"官方只规定要废弃到不可复原的状态，并没有明文要求职员亲自处理。委外也没关系，不过有义务要确认委托业者的删除结果就是了。"

"喂，难不成？"

"是啊，就是这个难不成。我们通过换回来的硬盘发现，'仙台租赁'没有在自家公司进行删除作业，而是又委托给别的废弃业者处理了。三课怀疑资料就是从那家废弃业者流出去的。"

"管理制度太松散了。"

"自从个人资料法成立，这类丑闻就没断过。处理个人资料的团体和组织很少有成立专门废弃的部门的，反而是废弃业者增加了，所以事实上是分工了。当然有些团体对外包公司的管理很严谨，但一些没在管理的丢出去就算了。民间企业大多都会定期检查，但公所或许是没有余力新设专门的部门，很多地方都是连查也不查一下的。"

小宫山的说明唤醒了笃筱一些记忆。二〇一四年鹿儿岛县日置市的职员工会，以及二〇一七年岐阜县美浓加茂市的教育委员会，都委托废弃业者处理计算机，因删除不当而导致个人资料外泄了。所以宫城县发生类似的案件也不足为奇。而且，宫城县内有八成的公家单位都将处理数据的工作交给"仙台租赁"，这样资料外泄的规模岂不是可能扩大为全县吗？

"'仙台租赁'委托处理硬盘的，是一家名叫'BROAD DISKAID'的全国规模的废弃业者，但他们在仙台分公司的员工只有四十人左右。现在正一个个查。"

"是怀疑员工中有人没有删除硬盘里的个人资料，而是卖掉了吗？"

"或者纯粹是将硬盘本身当作商品偷卖出去。如果是容量3TB的硬盘，拿到二手店还蛮值钱的。"

虽然网络交易也是一个办法，但如果交易对象是二手计算机零件商，需要调查的店家就很有限。看来小宫山他们是打算一旦有二手计算机零件商的人记得"BROAD DISKAID"的员工，便立刻提出协助调查的要求。

"方便问一下进展吗？"

"负责的不止我一个，所以整体进展我也不知道，现在我跟的那个员工的进展也还不能把成果告诉你。"

有些情报，要不是案子已经侦办到申请逮捕令的地步，就连同事也不能透露，这是当然的。要是交换立场，笘筱也不会说。小宫山肯透露这么多，纯粹是出于和他的友谊。

"一有眉目，就告诉我。"

"好。"

走出吸烟室的两人分头走不同的楼梯下楼。

泄露个人资料方面的调查，除了交给三课别无他法。但全部丢开也不符合笘筱的个性。笘筱打算用自己的方式，从终端用户鬼河内珠美和真希龙弥这一头来追查个人资料的卖家。而当笘筱的调查与小宫山等人的调查在某一点交会时，就会揭开事件的全貌。

无论如何，都必须找出鬼河内珠美与真希龙弥的交集。

笘筱再次深切感到少了两人的手机有多么令人扼腕。里面应该还残留着贩卖个人资料的人的联络方式或通话记录。杀害真希龙弥的凶手也是知道这一点才带走手机的。

在按捺着烦躁回搜查一课的路上，笘筱胸前口袋里的手机通知有来电，是气仙沼署的一濑打来的。

"喂，我是笘筱。"

"我是一濑。鬼河内珠美的事我听说了，终于成立了项目小组啊。"

"并不是我成立的，是因为后来发生了杀人案。"

"要不是笘筱先生持续调查，两个案子也不会连在一起，是你的执念没错。"

"你该不会是为了说这个特地打给我的吧？"

"查出鬼河内珠美的住处了。"

"怎么查到的？"

"说到这个就伤心。是公寓的房东看到公开的照片，向署里通报的。"

"照片已经公开好一段时间了，不会是误报吧？"

"我现在正要去确认。"

所以来问他要不要一起去。

"公寓在哪里？"

"一关市。"

笘筱记住一濑告知的地点，冲出警视厅。

岩手县一关市室根町折壁，气仙沼街道两侧商店林立。车子跑了一阵之后，周围的店铺便开始显得零零落落，中低层的集合住宅多起来。不久，笘筱便在该地的公寓前看到警车与一濑。

"让你久等了。"

"哪里，我们几乎是同时到的。"

笘筱看了看眼前的公寓。这是幢昭和味十足的老建筑，屋龄肯定超过三十年。墙上有裂痕，屋檐正下方挂的"折壁HOUSE"的U也不见了。虽佩服它竟撑过了大震灾，但搞不好墙上的裂痕就是那时候留下来的。

房东住在一楼里面，是一个五十来岁的女子，姓曾我，说是当房东当了二十多年了。

"这公寓本来是我父亲盖的，但他现在行动不方便，所以交给我管理。"

照事先讨论的，由笘筱负责发问。笘筱取出鬼河内珠美的照片。不是用了假名的驾照的照片，是"贵妇人俱乐部"网站上介绍女孩所用的照片。网站上的照片在眼睛上加了杠，笘筱出示的是未加工的原始照片。这是他们能找到的最近期的照片。

“哦，的确是笘篠小姐，是笘篠奈津美小姐没错。”

尽管早已知情，但从第三者口中听到奈津美的名字，笘篠心里还是会排斥。

“她住二〇二号房，已经两年了吧。”

“有家人同住吗？”

“没有，她应该是单身。”

“五月二十九日，有人发现她死在气仙沼的海岸，电视新闻也公布了她的照片，您为何今天才通报呢？”

“这几个礼拜我因为腰痛住院。”

房东眼神不善地看着笘篠，仿佛在说又不是我的错。

“出院以后我才发现笘篠小姐的房租没有汇进来。我去她那里催缴，她也不在。可是昨天，我在看新闻的时候，发现电视上播报了一个很像笘篠小姐的女人，所以我才通报的。”

“您常和她交谈吗？”

“就见到面会打招呼这样。她交房租向来都很准时，用不着我去找她。”

“钥匙可以借用一下吗？”

向房东借了钥匙，笘篠和一濑一起走向楼上的二〇二室。门牌是空白的。

“搞不好要叫鉴识来。”笘篠说。

“但愿不用。”

戴上手套，缓缓打开开了锁的门。那一瞬间，带着灰尘味的热气包围了全身。这是房间关了好几周的证据。

房间的格局是一房一厅，对单身独居的人而言刚刚好的大小。厨房虽小却井井有条。或许是很爱干净，厨浴都没有明显的污渍。客厅内部布置简朴，不见华美的装饰或时髦的小东西。

"房间朴素，衣服倒是挺花哨的。"

打开衣橱的一濑感叹地说。从他身后看过去，的确挂着一排与房间布置不搭调的洋装和衬衫。不过考虑到鬼河内珠美的职业，这些也许是制服。

连一份报纸都没看到，可见没有订阅。床边摆的是时尚杂志和东北版的美食杂志。平日名牌加身、去惯星级餐厅的人，是不会买这类杂志的。

"她的生活很简朴呢。因为她是特种行业的，我还以为生活会更奢华一点。"

"什么人都有吧。"

约了她的获野给她下的评价。笘筱对那一行虽然不熟，但生客给这样的评价，不难想象她并不属于能海赚的层级。

收纳盒、储藏室、书架全都看过了，没有什么特别引人注意的东西。

"怎么说啊，真是个让人很平静的房间，一点都不会有压迫感。"

157

一濑忍不住有感而发。

"既不花哨也不时髦，还不冷清。没有多余的东西，一切都整理得干净整齐，简朴、舒服。"

笘筱也有同感。屋主本人的心情不得而知，但至少从房间的状况感觉不到走投无路或贫苦。

也许，这是因为身为鬼河内夫妇之女而饱受迫害的珠美能够打从心底安心放松的空间。这是她有了笘筱奈津美这个新名字之后，才得以找到的安居之地吧。

不经意在餐桌上发现了一个令人怀念的东西——有几十张折成五角形的纸叠在一起。

笘筱拿起其中一张打开。摊开之后，便形成一个酒杯大小的盒子。看来原纸本来是时尚杂志的其中一页。

"那是什么？"

"用广告单页来装垃圾的。把菜渣或果皮之类的丢进去，然后连盒子一起丢掉。用的是不要的纸，也不会浪费。"

"你怎么会知道这种老奶奶生活锦囊之类的事？"

"因为我老婆以前常做。"

——尽可能不要浪费。

奈津美常勤快地折着广告单，自豪地这么说。

笘筱忽然对冒用奈津美名字的珠美产生了亲近感，虽然自己都觉得自己单纯，但他差点就要原谅这个冒用自己老婆名字生活的爱物惜物的女人了。

珠美做的垃圾盒的材料全都是从杂志上剪下来的，虽然被折了起来，但从纸张的厚薄和文字内容便看得出来。应该是把看完的杂志拿来再利用吧。

摸着摸着，他的指腹感到异样。有一张纸比其他的硬，用的不是杂志内页。笘筱抽出来将纸复原。

那是宣传手册的封面。

"东日本大震灾灾民互助会"。

记忆瞬间复苏。这不就是笘筱曾带回家过的简介吗？

这份简介为什么会在这里？

　　　请说出至今说不出口的话。

　　　发泄至今积郁心中的苦闷。

　　　　　　　　　　　　　　　　代表　鹈沼骏

笘筱找了一下，看看其他页数是否也在。一张、两张。拆解自宣传简介的纸一共有六张。

"那个有什么不对吗？不就是一般的简介？"

"其他的都是从杂志内页剪下来的，只有这些不是。"

"她既然能把杂志再利用，当然也会把不要的简介拿来用啊。"

"利用看完的杂志，这个很好懂。但鬼河内珠美是在哪里拿到NPO法人[1]的简介的？这种东西会在大马路上发吗？"

印在封面内页一角的本部住址在仙台市内。珠美因工作的关系，确实可能会经过仙台市，但她的工作应该是以气仙沼为中心的。

"如果是法人刚成立时在街头发的还说得过去，但这简介是在震灾五年后开始发行的。再加上这是A4大小的。"

"大小有这么重要吗？"

笘筱拿简介挡在一濑眼前。

"太大收不进平常的女用包。就算是街头发的，如果不是很感兴趣，大多会在拿回家之前就丢掉吧？"

"话是没错，那鬼河内珠美会是通过什么途径拿到这份简介的？"

"NPO法人简介放置的场所很有限，只有市公所的窗口、市民中心或是公民馆。但这样还是有不自然的地方。你想想看，鬼河内珠美初中毕业后就搬到栃木县，父母被判了死刑伏法。她有什么必要去关心一个失去家人的灾民集会？"

"那……她带回这份简介的动机是什么？"

"我想必须带回不怎么感兴趣的刊物的情境之一，便是有人

1　Not-for-Profit Organization 的缩写，日本语表示是"非营利团体""非营利法人"。

在该团体的据点直接拿给她的。既不能拒收，又不好意思走出门就丢。”

“你是说鬼河内珠美去过这个团体的本部吗？到底为什么？”

对此笘筱就答不出来了。

从几页简介能延伸的推理有限。接下来必须一一验证，否则无法更进一步。

“我会把简介送去鉴识。我对除了鬼河内珠美，还有谁碰过这个非常感兴趣。”

扣押简介作为物证后，笘筱与一濑离开了公寓，收获是纸张数枚。这对办案有没有用处，笘筱完全没有头绪。

但他还没有访问互助会本部便有了别的动静。第二天，小宫山以手机来电。

“就在刚刚，我们对‘BROAD DISKAID’的一名员工要求协助调查。”

在要求协助调查的那一刻，三课很明确地表示，锁定该人物为犯人。笘筱立刻与小宫山说好地点准备会合。

前往另一楼层的吸烟室，小宫山已经在那里等了。对不抽烟的小宫山而言，那当然不是个舒适的地方，只见他不快地皱着眉。

“你们不是这两天才确定对象的吧？我上次问你的时候，就已经到掌握证据的阶段了吧？”

"中古店的老板记得去卖二手硬盘的人，是个定期带大批货来卖的常客。"

"真是粗心大意。都不想掩饰一下罪行的吗？"

"他一开始也许很紧张，但几次下来都没被发现。一旦成了常态，盗窃也就是家常便饭了。"

拿硬盘去卖的是一个姓沟井的员工，他负责破坏硬盘。

"所谓的破坏，就是在硬盘上打洞，让东西不能用，可是他们完成后都只要报告就好，没有确认实物。这样根本是任人偷啊。"

小宫山说。偷的人不对，但没有好好加以确认的公司也不对，终究都免不了被追究管理责任。

"已经开始供述了，沟井说了一件令人担心的事。他说，每天送来的废弃硬盘当中，来自市公所的被他卖给了中古店以外的客户。"

"专门买市公所资料的买家吗？"

"他拿大量硬盘去二手店卖，后来由老板介绍，和买家直接交易。对方开出中古店行情一点五倍的价格，所以沟井一口就答应了。从那之后，市公所来的硬盘就都卖给那个买家。"

"他招出买家的名字了吗？"

"还没有。卖硬盘的行为的确违法，但他坚持买的人无罪。"

"如果买家不是黑道，沟井就是为了往后能够继续这项副业怕丢了客户。"

"负责侦讯的同事也持相同意见。这大概是门一入迷就欲罢不能的生意。"

"我有一个可能的线索。"

笘筱将在鬼河内珠美住处发现NPO法人简介的事大致说了。

"互助会吗？从她身为那对鬼河内夫妇的女儿的身份来想，的确不太对劲。"

"能不能拿来问问？不行也没损失。"

本来探查真意般看着笘筱的小宫山，表情忽然为之一松。

"既然要问，你想不想看他本人会有什么反应？"

"我是搜一的，你们侦讯，我不方便在场。"

"从隔壁房间看总可以吧？你都提供资料了，这点小事我来安排。"

4

笘筱溜进邻室的同时，小宫山也进了侦讯室。坐在铁椅上的沟井面有倦容。毕竟回答的只有沟井一人，侦讯则是四组人马轮番上阵。小宫山是第二组，侦讯前已定好大方向。如果这样还能撑着不说出买家的名字，那么这个盗窃犯也算了不起了。

"你好像很累啊。"

小宫山以亲切的态度开始侦讯。三课主要是对付盗窃犯的，但并不是每位刑警都会一开始就居高临下、咄咄逼人。

"我只有一个人耶。太吃亏了。"

沟井身心俱疲般说。侦讯明文规定一天不得超过八小时，但反过来说，这便意味着八小时都要被问同样的问题。这样还不累的话，如果不是非常习惯侦讯，便是拥有非比寻常的意志力。

"沟井先生，警方也不是为了好玩才问你的。如果你非法转卖的只是游戏机或贵重金属，侦讯早就结束了。现在结束不了，就是因为你卖的是个人资料。你开始做现在这个工作的时候，雇主应该再三强调过个人资料的重要性并且强调到你耳朵长茧才对。不，你就是因为知道个人资料的重要性，才没有把公家机关淘汰的硬盘贱价卖给中古行，而是高价卖给了另外的买家。"

"要给出售的商品标什么价是我的自由不是吗？"

"是啊，如果东西不是偷来的话。"

沟井出师不利，啐了一声。

"刑警先生，你满口个人资料、个人资料的，不过就是手机号码和存款余额被人知道而已，有这么严重吗？是啦，感觉是不太舒服，可是人们又不是一被知道财产就会马上被抢。或许是有人会为了钱来找你，可是只要自己脑筋清楚一点，就不会上诈骗的当。本来绝大多数的基层人民的个人资料就根本没什么价值。"

"哦，你是说，没有资产的人的个人资料就不值得被保护？"

"我又没有那么说。"

这时连沟井都有点尴尬地含糊其词。

"我听说'BROAD DISKAID'给的薪水不算低啊。"

"是不算低，可是也不算高。是，我没什么能耐，可是这年头，光靠公司的薪水就能活得自由自在的，就只有上层人而已。"

"我问过你常去的中古行了，听说容量3TB的硬盘，一个要用四千跟你买。你一次至少会拿二十个去。单纯计算就是八万。而且要是从公家来的，还会开出原来一点五倍的价格，加起来随便就超过十万。副业能赚这么多的人，还好意思说什么上层下层。"

"那也不必连买的人都找出来问罪啊！又不是儿童色情片。"

"那我反过来问你，你为什么要这么保护你的客户？我可没说要罚买的人哦，只不过身为警察要防止个人资料被滥用而已。"

"所以我就说啊，穷人的个人资料又不能被滥用到哪里去。"

"沟井先生是石卷土生土长的吧？"

"对啊。那又怎样？"

"有没有哪位亲人因为震灾走了？"

"我妈……这和这次的事又没有关系。"

"五月，在气仙沼的海岸发现了一具女性自杀的遗体。她身上的驾照上登记的是另一个人的姓名和住址，是在震灾中失踪的人的姓名和住址。"

沟井的脸色变了。

"六月在富泽公园发现一具被杀的男性尸体，这个案子的被害人也一样，平时以失踪者的姓名生活，还用他弄到的住民票去办了驾照。我们认为这两起案件都与市公所外泄的个人资料被滥用了有关。"

"这很难讲吧？！"

"你说你在震灾中失去了母亲。假如你母亲的遗体没被找到，有人借用了她的姓名取得住民票，享受福利，你想象过吗？会冒用别人的名字的，不是有前科就是类似的人。一个前科犯利用你母亲活过的人生享受着日常生活，或者用你母亲的名字一再从事诈骗、盗窃、卖春这些犯罪，沟井先生你有何感想？"

虽然这些问话只是侦讯的开始，却很高明。这是因为初犯的沟井本性还没有坏透，还有唤回良心的余地。再加上，母亲是所有男人的软肋。只要搬出母亲，几乎没有男人能无动于衷。

"你是说，我卖掉的硬盘里记录了失踪者的个人资料？"

"我们已经向各行政单位确认过了，送回'仙台租赁'的其中一个硬盘里保存了震灾时的一切记录，刚才告诉你的那两个失踪者也在列。因为你偷卖硬盘，不知凡几的失踪者的人生就被霸占了。"

小宫山的语气变得冷硬。

"公家机关的硬盘一个六千。其中一个里面保存了所有市民、所有失踪者的个人资料，你却用区区六千就卖掉了。沟井先生，你把那些钱花在哪里？豪华晚餐吗？潮服吗？还是去赛马场撒钱以抒发平日的郁闷呢？"

小宫山的声音不大，也不激动，但他的话却狠狠刺中对方的内心。沟井的视线落在桌上，逃避小宫山的视线。

"你把公家机关的硬盘卖给谁了？"

"帮我找律师。"

"连委任状都没有，你还真性急啊。要请律师是你的自由，但就算请了律师，侦讯时也未必能同席。"

"我现在就要请律师。在律师来之前，无论你们再怎么问，我都不会回答。"

"别一直像个孩子似的闹脾气。"

小宫山胁迫沟井般探出上半身。

"告诉你，'BROAD DISKAID'已经准备解雇你了，就算你想找公司的顾问律师也没用。我看你也不像认识律师的样子。这么一来，就算现在委任，也要等你被捕之后律师才能采取行动。这段时间失踪者的个人资料继续被他人使用，他们的尊严继续被践踏，而这一切都是你的责任。就因为你赚了那么一点零用钱，几百万个善良市民的生活和精神就要遭受威胁。"

沟井还是不肯正视小宫山。不，是不能。于是小宫山在绝佳时机低声说道：

"灾民互助会的鹄沼骏。"

效果惊人。

他一说出这个名字，沟井的表情立刻僵住了，绝对不是听到一个未知人名的反应。

"看样子，你是知道这个名字的。噢，别说你不知道。你们既然定期交易，物品和金钱的交割一定会留下邮递记录或银行交易记录。如果是当场一手交钱一手交货，手机里就会留下通话记录。无论是哪一种，我们都会彻底调查，再瞒也没有意义。我不想再重复那些对彼此都没有用的问题，你也已经快受不了了。"

从笘筱所在之处也能清楚感觉到沟井内心的挣扎。邮递记录、银行交易记录以及通话记录。看来他对其中几项心里有数，所以畏缩得像只被逼入死角的小动物。

"如果你以为这次因盗窃被捕是初犯会缓刑，那我可以告诉你，事情没那么简单。你现在犯的不是单纯的盗窃罪，是贩卖大量个人资料的罪，罪行更重。检方多半会想杀一儆百，不可能轻易做出温情判决。但是呢，沟井先生，如果你肯和警方合作就另当别论了。你知道'穷鸟入怀，仁人所悯'这句话吗？"

挣扎转为狼狈。一个初犯的盗窃犯是万万敌不过老练的调查员的。沟井露出即将投降的神情。事实上他要面临的不只是刑事责任，若以民事起诉，势必会产生上亿的损害赔偿，但人被逼急了就想不到那么多。

"如果你要跟买家讲道义，不愿出卖他，那你不用开口，只要对我的问题摇头或点头就可以了，这样也对得起你的道义，如何？"

沟井仍旧不作声，后来点了一下头。

"公家机关的硬盘你卖给了鹄沼对吗？"

头又点了一次。

小宫山满意地笑了。

在笔录上签名、盖手印之后，沟井就被带出了侦讯室。

小宫山晚他几步从侦讯室出来。

"精彩。"

"被一个初犯拖了这么久，哪里精彩？"

看来他不是谦虚，是真心这么认为。

"你们打算立刻把鹄沼找来对吧？"

"看你的脸色，叫你不要跟，你也一定会跟吧？我都懒得跟你辩了。"

三课的搜查有一课的调查员同行，说特例确实是特例，但主导权事后再由课长们去协调就好。笃筱一路追查鬼河内珠美与真希龙弥的案子，现在就算要和小宫山争，也要亲自去灾民互助会。

根据简介，灾民互助会的本部位于仙台市宫城野区安养寺。前往当地一看，那里原来是一般住宅与集合住宅混在一处的住宅区。

笃筱坐在小宫山所驾驶的便衣警车上对他说："到了本部，

169

要是人去楼空会很难看哦。"

"拿到你的情报那一刻起，我们就开始盯人了。出发前我才确认过，鸪沼在本部。"

"我不认为光凭向沟井买硬盘的证词，他就会答应协助调查。"

"你就别明知故问了。他就是知道光买不构成犯罪，才可能会答应协助调查。等把人带到县警本部，再用滥用个人资料来侦讯就好。"

附近可能有幼儿园，人行道上有幼童的行列。街角的便利商店也有一对大概逃了课的高中情侣，怎么看都是平凡的街头。但一想到在这片风景中潜伏着为非作歹的NPO法人，就觉得视野黯淡了几分。

"东日本大震灾灾民互助会"的以下几项信息是公开的。

该会成立于二〇一三年三月，成立时的章程为振兴宫城县观光与活化经济活动。这在限定的二十类NPO法人活动范围中。登录的员工包括鸪沼在内共十人，这也符合NPO法人成立的条件。有些NPO法人有政治家和名人当理事，但灾民互助会并不在此列。该会备妥相关文件后向仙台市申请审查，两个月后得到认证便向法务局登记了。

但登记簿上记载的十人当中有几人是真正的员工？笘筱有所怀疑。这个团体的代表人物搜购人们的个人资料，叫人不要有先入为主的观念才是强人所难。

"就是那个。"

小宫山的视线望着一栋建筑。看起来本来是店铺改装成事务所的瓦片屋顶的平房上，挂着竖式的"灾民互助会"招牌。但小宫山之所以如此断定，并不是因为竖式招牌，而是三户外的便利商店前停着便衣警车。车上恐怕是三课的人。小宫山说在离开县警本部前才确认过，应该就是他们这些监视人员传来的消息。

将车停进停车场，两人同时下车。不知尚未谋面的鹄沼骏是什么样的人，他们不能掉以轻心。反社会人士暗藏危险凶器的可能性不是零。为防突发状况，要先简单讨论一下。

虽说是本部，屋子却很简陋，门是廉价的铝纱门。首先由笘筱开门，坐在入口附近柜台的女子招呼道："欢迎。请问是会员吗？"

"不是。代表鹄沼先生在吗？"

"在，请问您是哪位？有预约吗？"

"敝姓笘筱，没有预约。我们想见代表一面。"

"您是不是有家人在震灾中遇难了？"

这个问题在意料之中，笘筱老实说是。

"那么就是希望入会了呀。在见代表之前，先为您介绍一下我们会。"

看来柜台女子对推销很熟练，纠缠不休。笘筱不愿在见到鹄沼之前表明警察身份，想随便应付，她却不肯轻易放过。

"还不算想入会。在决定要不要入会之前，我想听听成立此会的鹄沼先生怎么说，不然下不了决心。"

这话他自己都觉得有点强硬，但用来对付她的热心刚好。

"是吗？那么，请稍等。"

或许这招奏效了，柜台女子总算死了心。只见她转身进了后面的房间。

终于要见到鹄沼了。

然而，等了一分钟左右，还是没人出来。不安感油然而生的同时，柜台女子回来了。

"奇怪了，刚才明明还在里面的。"

笘筱和小宫山立刻往里面冲。

一看就知道柜台女子说的里面是哪里。那个房间摆了与装潢不相配的总裁办公桌和会客沙发，桌上的咖啡杯里还剩一半咖啡。一摸，杯子还是温的。

着了道了。

没时间懊恼，两人出了房间继续往后找。一闯进员工休息室，脏话便不由自主地脱口而出。

员工休息室直通后门。

小宫山快速地打开后门。那一带住宅密集，从大马路上看不出来，但户与户之间有勉强容一人通行的小路。

"妈的！"

小宫山骂了一句，取出自己的手机。

“鹄沼从后门跑了。应该还跑不远，去追。我请求支援。”

小宫山依言向县警本部请求支援后，终于转身面向笘筱。

“你不去追吗？”

“追人的事就交给你们三课。我想查一下这里。”

“巧了，我也这么想。”

咖啡杯里还有半杯咖啡，可见他是休息到一半，察觉异状而逃走的。虽不知究竟是什么让鹄沼察觉了异状，可以肯定的是他走得匆忙。换句话说，他应该没有时间毁灭盗用个人资料的证据。

“就算逃走，我们迟早也会抓到他。要追也可以，但我对留在这事务所里的宝藏更有兴趣。”

只要找出沟井偷卖的公家机关硬盘，就能先扣押证物。一旦有了物证，之后只要让本人承认即可。

“找赃物就交给三课吧。”

“什么都交给我们啊。”

“我去向员工问话。”

笘筱将小宫山留在鹄沼房里，从刚才来的走廊走回去。柜台女子一脸惶惑地伫立在入口附近。

“鹄沼代表好像逃走了。”

“怎么会？！”

“既然代表不在，只好问你了。”

柜台女子说她叫铃波宽子，今年春天才开始到灾民互助会上班。见筥筬出示警察手册，她大吃一惊，然后害怕起来。

"你们会的活动内容是加深灾民家属之间的交流，是吧？实际上举办过这类集会吗？"

"我不清楚。"

"你上班有两个月了吧？"

"至少本部没有举办过那类集会。"

宽子在事务所里摊开双手，一副你自己看的样子。事务所约五坪大小，但因为办公桌和档案柜的关系，进来四个人就满了。这里实在无法举办集会。

"就算在事务所没办法办，也可以在市民中心或另外租场地办吧？你身为柜台，应该知道这些日程计划和举办地点。"

"对不起，我的主要工作是柜台和管理代表买东西的收据，和灾民互助会的活动没有太多关系。"

"那和谁有关系？这里起码有十个员工。我没看到其他人，到底都在哪里？"

"我不知道。"

宽子不情不愿地摇头。

"我被录取以来，就没看过别的员工。所以都是我一个人做所有的事。"

"不好意思，请问铃波小姐的雇佣合约是几年的？"

"一年。"

灾民互助会铁定是纸上NPO法人，能称得上员工的只有宽子，其他九人要不是借人头，就是未经同意被登录的。以一年作为宽子的雇佣期间，多半是利用每年换人，不让他们掌握灾民互助会的真貌。

相较于一般企业和其他社团法人，NPO法人更受社会信赖，在调度资金方面占有优势。再加上国家和地方政府有助成金或补助金，只要捏造活动记录，即使实质上只有代表一人、员工一人，这个NPO法人还是可以继续存活。

而鹄沼以纸上NPO法人为幌子，实际从事的工作是滥用个人资料。（接下来是笘筱的猜想）但他肯定是找出尚未申请死亡宣告的失踪者，将他们的个人资料卖给了想要新名字、新身份的人。

"铃波小姐，你说你什么都不知道，但我们还是要请你到县警本部，询问更进一步的详情。"

宽子无力地点头。但不知她消沉的原因是鹄沼失踪，还是明天起就要失业了。

不久，搜查三课便从县警本部十万火急地赶来。立刻搜索事务所内部，没用多久便找出数个疑似沟井转卖的硬盘。其中是否包含失踪者的个人资料，将交由鉴识或科搜研分析。

另一方面，出人意料的是逃走的鹄沼行踪杳然。县警在主要道路上设了临检，但过了两天都没有获得任何鹄沼的目击情报。

只不过，他们也发现了新的事实。沟井的侦讯翌日仍继续，而他的客户当然不止鹄沼一个。公家机关送还的硬盘专供给鹄沼，而银行等金融机构送来的硬盘竟是卖给了"帝国调查"的五代。

惭愧的是，在听到沟井供述之前，笘筱完全没考虑过鹄沼和五代之间的关系。但卖名单的五代，当然会渴望金融机构的个人资料。

知道之后，笘筱连同小宫山一起前往"帝国调查"。有了从同一个人那里收购个人资料的关系，或许他对鹄沼的去向略知一二。

"上次，五代并没有提到转卖硬盘的事。他那时候大概没料到三课会盯上沟井。"

被问到的就回答，没被问到的就不答。不只五代，凡是做过亏心事的人大概都是这种反应。

到达多贺城市的复合式大楼，来到"帝国调查"门前，照例是那个长相不善的人来应门。

"我现在没时间陪你们警察。"

男子一脸厌烦地要赶笘筱等人走。

"我们也没有要你陪，只要让我们跟五代社长谈谈就好。"

"社长不见了，我们也正在找他。"

"你说什么？"

"昨天他突然出了办公室，然后就完全联络不上了。"

孤高 群居

1

几年后，当人们提起今年，用公历应该会比国历多——平成十一年就是这样的一年。

一九九九年第七个月，

恐怖大王将从天而降，

唤醒安格尔摩亚大王，

与马尔斯前后统治。

根据这人尽皆知的诺查丹玛斯的预言，今年七月，恐怖大王将来临，世界将会灭亡。

所谓的高二也不过是初中毕业才一年，高二生简单来说就是小鬼。班上同学有近半数在七嘴八舌谈论着预言的命中率、恐怖大王究竟是谁等话题。

"我看应该会发生第三次世界大战。"

"白痴。恐怖大王会降临耶，一定是外星人来袭啊！"

"不对不对，是有未知的生物武器从别国的实验室跑出来了。"

坐在靠窗座位的五代良则望着热烈讨论的同学们，心中暗骂。

"你们每个都是白痴。"

五代自己既没有单纯到全面接收古人留下来的话，也没有肤浅到相信世界会瞬间毁灭。他对同班同学唯有轻视和怜悯。

谈预言和世界灭亡谈得不亦乐乎的，大多也是成绩垫底的那群人。换句话说，都是既无脑又无能的人渴望打破现状而自嗨而已。

五代的高中是偏差值[1]不到四十、在县内被称为垫底高中的其中一个。偏差值不到四十的高中，没有多少人能考进公立大学或有名的私立大学。大家几乎都不会继续升学，不是继承家业就是在当地企业就职。不，找得到工作的还算好的，这所高中的校友中就有好几个满足于无所事事或当暴力集团的储备成员。

念哪个学校、进哪个班就决定了未来的人生。同学们对这样的事实既没有勇气接受，也没有勇气拒绝，只是对自己的将来茫然绝望。这份绝望，让他们无可救药地渴望预言成真，世界毁灭。

在入学典礼之前，五代也是怀抱希望的。新的舞台、新的朋

1　日本升学制度中用来评量成绩的数值。以常态分布的中点为五十，数值越高表示排名越高，学校越好。顶尖学府如东京大学、早稻田大学的偏差值都在七十左右。

友，以及新的可能性。他满心期待着进了高中或许能体验至今连想都没想过的事。

然而，根本没有那种东西。

级任老师打从一开始就摆明了对学生毫不期待的态度。

学生打从一开始就放弃课业，从校外活动中找出路。

高中才不是什么新的舞台，而是残兵败将聚集的废墟。

五代那时才十几岁，就知道底层是什么状态了。

真正的底层就是连伸手求援都放弃的状态。四周没有一个人有上进心，不难想象十年、二十年后的自己。艰涩的古文和方程式如同外文，因为几乎不会用到，也没有学的必要。一些简单的计算，手机会帮忙算。至于国语，只要会日常生活用语，就能生活无碍。

升上二年级，五代他们思想更加荒废。乖乖上课的不到十人，教学的老师也不奢求。卖力从事校外活动的学生陆续停学或退学，校方也丝毫没有着急的样子。因为这所高中的"指标"是毕业典礼时学生有入学时的一半，那就谢天谢地了。到了该考虑升学、就业的时期，选择少得惊人，绝大多数的学生面临的不是选择，而是不得不妥协。

只不过，对五代而言，这充满审视与厌世的班级并不难待。

五代自己也是成绩从后面数比较快，在艺术或体育方面也没有突出的天分。要说有什么比旁人优秀的，就是懂得照顾人和有看人的眼光，但他不认为这种才能对工作有帮助。

同学们还在拿诺查丹玛斯的预言大做文章。

"离七月不就只剩三个月了吗？干吗还来学校上这些没营养的课啊？"

"还学校咧，连家都可以不用回了。"

"哟哟哟，照你们这么说，也可以去便利商店和书店偷摸了？反正大家都会死，爱干吗就干吗。"

五代愉快地听着男女同学的言论。预言和世界毁灭跟他们都无关。

他们想要的只是逃课、游荡、闹事也不会被责怪的理由。一群没胆的东西。就算没有这些理由，想逃课就逃，想偷东西就偷，没有理由就不敢违规的人说什么大话。

"班长呢？"

其中一人喊了坐在最前排的鸪沼骏。

鸪沼是乖乖上课的那不到十人的其中之一。乖乖上课的人，无论如何都会被推去打杂和担任一些麻烦的职位。鸪沼就是这样当上班长的。

"班长其实也很想发泄一下吧？那就一起嘛！"

"哦。我也很想看看班长放松的样子。"

"噢噢，佳奈主动了哦。现在就在一起、在一起！"

五代忽然大感兴趣。

他和鹄沼是高二才同班的，至今连话都没说过，因为一眼就看得出他和自己不是同类人。五代甚至对这种人怎么会在这所学校感到不可思议。既然不是同一个圈子的人，也就没什么好说的。

鹄沼面向他们。

"你们真有勇气。我实在学不来。"

"勇气？什么勇气？"

"诺查丹玛斯的预言可能很准，今年七月人类就要灭亡。三个月后的未来谁也不知道，搞不好诺查丹玛斯真的看到未来了。"

"对啊。所以才要抛开束缚啊。"

"可是，预言也可能不准。跟你们大玩特玩也可以，可是要是七月过了，到了八月高中生活还在，世界理所当然地运转，那之前的三个月就等于丢到水沟里了。这么可怕的事我不敢赌。也许你们会说我胆小，可是我认为在七月前的这三个月，还是照常过比较安全。"

大家都傻了，无话可回。

"而且，要是世界末日突然来临，人类转眼就灭亡，说起来是很简单，可是也太轻视每个人的生命了。你们想象过自己在无法抵抗的情况下毫无理由地被杀吗？没有的话，就是缺乏想象力。"

鹄沼说完，不等大家的反应，便又转回去面向前方。

玩笑话被一本正经地回应，蠢得让人连反驳都不想反驳了。所有人的反应就是这样。

鸪沼这个人果然跟自己不是同类人。

真是个讨人厌的家伙。

明明不是特别会打架，五代却被不良少年们推成头头。原因大概是与生俱来的凶相让他显得比实际年龄老成，还有就是擅长照顾人吧。

高中退学不是什么值得骄傲的事，但这个年纪就能预见惨淡的未来，付出努力或拥有梦想都令人感到可悲。这么一来，距离被贴上"不学好"的标签便是特快直达。而一旦被视为"不学好"，距离成为"社会败类"也是特快直达。

像五代这样的高中生，校外活动会成为其赚取资金的一环。敲诈勒索、中介卖春、贩毒。给五代他们工作的是高中的校友，他公然宣称自己是暴力集团的储备成员。也就是说，五代等人已经有既定路线，毕业后便接校友的班。

在高二这个阶段，五代组了一个五人左右的团体。要进行类似黑道的校外活动，这样的团体的人数不会太多也不会太少，堪称理想的成员架构。

四月街头满是新生和新社员。他们尚未适应新生活，是容易下手的肥羊。这个时期，五代等人专挑这类人下手。话虽如此，就算每天在外头跑，效率也不高。无论什么事，都应该有劳力集中的时候。于是他们决定到别人的地盘打游击。

二十五日，五代带着团体的成员来到车站前的商店街。大企业的发薪日都集中在二十五日。就算拿不到一整月的薪水，因领到人生头一份薪水而乐不可支的新社员还是经常上钩，因此五代他们挑这些人下班的傍晚六点之后才展开活动。

"看你手头蛮宽的嘛，大哥。"

找人搭讪是古尾的工作。他体格瘦弱也没气势，但擅长找出胆小的人和身上可能有钱的人。古尾看上的，是一个还穿不惯西装，满脸学生样的上班族。

"拿到薪水了吧？分一点给我这种穷学生嘛。"

只要找个理由，把人拉到后面马路上，就任他们宰割了。"猎物"以为只要应付古尾一人，一看到还有四个同伙等在那里，立刻就害怕了。

负责看守"猎物"与把风的岸部移动到大马路上。在天生胆小的帮助下，岸部拥有能立即察觉危险的专长。

乡田与能村专门谈判。

"这身衣服挺不错的，哪家公司啊？"

"起薪多少啊？"

"那个……不好意思，我身上没带钱。"

"没带钱也有带卡啊。告诉我们密码就行了。"

"请你们放过我吧。"

"才不要。"

就算是口头交涉不利的肥羊，一旦乡田和能村开始行使暴力，也会大方拿出现金或卡。

"多谢啦！"

在同一个场所狩猎有危险，所以五代他们在商店街找了十个地点，一边移动一边工作。但他们不贪心，一天的收获达到十万元就收兵，避免久待。

开始狩猎过了两个小时，他们从三名看似新社员的男子身上搜刮了现金三万五千元和两只手表。两只手表拿去当，加起来也才五千。

"勉强凑到四万啊。"

在咖啡店小憩的乡田不满地咕哝。

"平常的日子也就算了，发薪日还这样，也够穷酸的。这样缴完上纳金就没剩多少了。"

"没有新社员会戴高级手表的啦。"

古尾啜着咖啡说。

"不过，就算抢了手机也不值钱。"

"是时期的问题吗？"

"二十五日发薪，不会发一整月的薪水。可是月底才发薪的公司本来就穷。"

"那……下次的目标就是黄金周前了。"

乡田和古尾互发牢骚，岸部也插上一脚。

"连假期间要用钱，应该会有比较多的人去提款机取钱。"

"那……同样是上班族，是不是应该找有家庭的或是主妇比较好？"

对此，能村存疑："等一下。就算大叔和主妇会取很多现金，问题是我们应不应付得了啊。主妇马上就会找警察哭诉，大叔当中有些身强体壮的，隔着衣服看不出来。我可不想反过来被人家修理。"

五代对大家的谈话听而不闻，古尾来问他："怎么了，五代，你一直在想什么？"

"想以后的事。"

五代低低这么一说，所有人的视线都集中过来。

"什么意思？"

"我觉得在街头跟可能有钱的人要钱效率太低了。古尾的直觉也不是百发百中，而且现在社会的经济状况越来越差，大部分人都没什么钱。平均一个人的收获减少的话，就得靠数量来补。这么一来，风险也会增加。"

负责暴力却对风险敏感的乡田挺身说道："你说得对。可是，其他方法风险也很大啊。贩毒，警察盯得很紧；卖春，现在别家的也盯上了不是吗？"

"我是在想，有没有什么办法不用我们去硬逼硬讨，对方就会自动把钱拿出来。"

"诈骗那种的吗？可是，我们又没有那么聪明。"

"诈骗也没有那么难。我听说，有一种诈骗是用孩子的名字让父母出钱。"

五代一说起来，其他四人便兴致勃勃地把耳朵凑过来。

"最近七八十岁的老先生、老太太都存了很多钱。然后，我们就假装他们家儿子打电话过去。随便什么理由都可以。像出车祸要和解，马上需要现金啦；弄丢了公司的钱什么的。然后要他们转账到我们说的账户里。当然要是人头账户，才不会被查到。这样不用揍任何人，也不用威胁任何人。既安全，又能拿到大钱，很简单的诈骗。"

"听起来的确很简单。"

乡田一脸佩服地说。

"只要把钱领走，人头账户也不会被查到。"

"要是觉得银行太危险，直接去拿钱就好。只要说因为情况紧急，你家儿子走不开，我代替他来，大部分人都会相信的。"

岸部又提出疑问："可是啊，真的会这么顺利吗？也有些疑心病很重的老先生、老太太吧？"

"这种诈骗就是数量取胜。不是只打一两通电话，打十通、二十通，有一通中就不错了。想想看，中一次就是几百万、几千万的进账，单价很高。试一百次，有一次成功就万万岁了。你们不觉得吗？"

几千万这个金额让四人话都说不出来，满脑子幻想着有了那么多钱要怎么花。

"当然不是现在立马就做，要先决定好目标，搜集好情报，做好准备再说。我告诉你们，不会太久的。我觉得这种赚钱方式会是以后的主流。"

四人对五代投以敬佩的眼神。

感觉真不错。

五人出了咖啡店，为达成本日业绩，前往下一个"猎场"。说着、听着远大的计划虽然令人心情振奋，但当然还是要先把掉在眼前的钱捡起来再说。

他们找了一家附设提款机的店铺，在附近岔路等古尾拉客过来。

就在四人的忍耐即将到达极限时，古尾拉着一个穿学生制服的男生来了。

一看他的脸，五代有些意外，古尾捡来的"猎物"竟然是同班同学鹄沼。

"原来是你们啊。"

鹄沼看来倒是不怎么意外。

五代稍微瞪过去，古尾辩解般这么说："我在他从ATM出来的时候逮到他，他身上应该有钱。"

管他是同班同学还是总角之交，一旦入毂就照敲不误，这是五代他们的规矩。要是因认识就放人，只会被看轻。恐惧才是统治的原理。五代他们为了君临高中，必须让每个人都觉得他们恐怖。不过鹄沼是认识的人，所以先打声招呼，也算是道上的礼貌。

"只能怪你运气不好了，班长。"

鹄沼即使被拉到五代面前，仍不露丝毫怯色。

"我们穷得要死，赞助一下。"

"我没有钱赞助你们。"

"你不是才刚从ATM出来。"

"我取的是买参考书的钱。"

五代他们闻言爆笑。

"参、参考书！"

"笑死我了。"

"真是杰作！"

"我说班长，在我们这种底层的高中就算拿到第一名，也没有什么好骄傲的，对将来也一点用处都没有。我还以为当班长的应该很清楚咧。"

"我不是为了考第一名才念书的。"

"那是为了什么？"

"因为不懂得最起码的事，就永远会在底层。"

鹄沼坦然直言，也不管自己说出来的话会刺激五人的自卑感。

"虽然不知道念了书能怎样，至少我不想成为一个看不起努力的人。"

"班长，难不成你是看不起我们？"

"我没有看不起你们，只是不想跟认定自己在底层、接受这样的处境的人混为一谈而已。"

"……本来是想拿了钱就放你走的，看样子是没办法了。"

五代的语气变了，其他四人也听出了他的意思。

"让你选吧。你是要先把钱拿出来呢，还是要先挨揍？"

"两个都一样吃亏。"

不知是胆子大，还是无可救药的迟钝，鹄沼没有丝毫畏怯的神情。也许他深藏不露，是个干架高手？

那就要先下手为强。

五代一使眼色，乡田首先出手。膝盖往鹄沼侧腹一顶，先发制人。

只听鹄沼"嗯"的一声呻吟，双膝一屈。头正好落在能村腰部的位置，能村的膝盖就撞了上去。

鹄沼非常干脆地向后倒。

什么嘛。果然是虚张声势啊。

接下来鸫沼就呈沙包状态倒在地上。古尾和岸部继续往他身上踢，也不管踢到的是肚子还是腿。鸫沼没有做出像样的抵抗，一味地发出动物般的哀号。

后来看鸫沼的动作变慢了，乡田他们便停止攻击。平常施惯暴力，也很清楚界线在哪里。再打下去，就不是贴贴创可贴、擦擦外伤药就行了的伤了。

古尾从鸫沼口袋里抽出钱包，里面有五千二百一十元。他拿走所有的现金，把空空如也的钱包甩在鸫沼脸上。

"五千啊。听他长篇大论，结果才这么一点钱。"

"就是啊。还让他说那么多，真是亏大了。"

鸫沼瘫在那里动也不动。五代俯视他时，发现他的嘴唇在动。

好像在说什么。他弯身把脸凑过去，听见微弱的声音。

"把钱……还来……"

没见过被打得这么惨还在意钱的人。

还蛮有种的嘛。

五代一脚踩住他的脸以代替夸奖。

"要钱就凭力气抢回去，不然就乖乖闭嘴。"

五代等人扔下倒在地上的鸫沼，扬长而去。

偷拐抢骗来的四万多现金扣掉上纳金，当天就花光了。

2

在进入黄金周前，五代他们在车站前卖力狩猎。专挑去ATM取钱以备连假使用的人下手，果然大丰收。头一天，光是上午，他们便成功从五个人手中抢到十五万五千元。

"平均一个人三万多啊。换算成时薪真是不得了。"

根本没打过工的古尾得意扬扬地说，一旁的岸部却一脸开心不起来的样子，令人担心。

去他们常去的咖啡店休息时，五代问："怎么了，岸部？我看你脸色不好。"

"也没什么。"

岸部挤出笑容摇摇头，否认的方式显得很刻意。

"没关系，说嘛。"

"也可能只是我的感觉。"

"大家就是相信你的感觉啊。说啦。"

"隔着马路，在ATM对面不是有一家游乐中心吗？"

"哦，有啊。"

"刚才去拉第五个人的时候，有两个男的从里面一直看我们这边。"

"警察？"

"不是警察。看起来不是白道的。"

其他三个也仔细听岸部说话。岸部察觉危险的能力是天生的，虽然没什么道理，但每当岸部说他不安时，他们有相当高的概率会遇上警察。

"怎么办？"

能村把头靠过来。

"这小子都这么说了，大家也知道这不是开玩笑的。"

乡田也对能村的话点头。大家之所以犹豫，是因为知道现在正是最好赚钱的时候。

"我提议，"能村把话接过去，"今天就收工，明天再继续吧？"

"今天是连假的前一天。从明天起，来ATM取钱的人就会少很多。去年大家还记得吧？第二天咱们奋力出击，去了三个ATM，也才'接'到两个'客人'。"

"话是没错啦。"

四人都在不安与期待之间摇摆。五代知道他们需要他的决策。

五代犹豫之后，提出了一个折中方案。

"这样好了。不管有多少收获，今天再找一个就收工。"

四人仿佛都松了一口气。

休息完，五代等人移动到市政府。紧临市政府的ATM是个秘密决胜点，不显眼，而且使用的人很多。

大多数的人会去的ATM都是固定的。会去市政府旁的ATM的，自然是在市政府上班的职员居多。而因为是公务人员，取出来的金额也值得期待。

照例让古尾站在ATM附近，五代等人在稍远一点的地方等待。

"弄完这个就要收工了，一定要找一头肥羊哦，拜托了。"

岸部说，简直要下拜了。他迫切的模样引起乡田的兴趣，便问他："你在急什么啊?"

"连假期间我希望最少可以赚八万。"

"八万可不少欸，要干吗?"

"夹娃娃。"

三人同时喷笑。

"什么跟什么，我怎么都没听说。"

"我也是连假前临时被通知的。某人说这里好像有夹娃娃机了，还说是要出八万夹娃娃的钱，还是我要一起攒，叫我选。"

"……是佳奈吗?"

"对啊。不然还有谁?"

"我说啊，岸部，那八万，你应该跟B班的安田和D班的坂崎一起分。"

"什么意思？"

乡田窃笑着说："就是呢，你们三个是表兄弟啦。"

岸部僵住了，三人哄笑，而就在这时候——

"不好意思，你们谈得正开心。"

五代听到身后有个肉麻的声音这么说时，已经太迟了。

五个大男人围住他们四个。不，是七个。另外两个左右夹着古尾正把他带过来。

"听说最近有袭击ATM客人的高中小鬼，说的就是你们吧？"

这七个人的样子显然就是道上的。开头发话的银发男看似首领。

"这样我们很头痛啊，还是学生就这样乱来。这一带，是我们宏龙会的地盘。"

银发男的脸挨近他们，几乎要碰到鼻尖，呼出来的气有浓浓的蒜味。

"先把你们手上的钱统统给我交出来。"

高中生再怎么逞能，也敌不过正职的黑道。转眼间五人的钱包就被拿走了。

"要再多也没有了。这样可以了吧？放了我们。"

"你说什么傻话啊你。"

银发男一脸不可思议地说。

"你以为来扰乱正牌黑道的地盘，付了钱就能无罪开释吗？

小鬼就是小鬼。"

话还没说完，五代胯下就挨了银发男一脚。

他忍不住躬身。

不妙。

敌方七人，每走一步就发出叮叮当当的声响。不难想象他们随身携带着危险的凶器，不是刀子就是手指虎。

"告诉你，等你进了黑道，就知道让小鬼来闹地盘有多丢脸。要是不给你们一点颜色看，没办法向上面交代。"

银发男话中的危险意味越来越浓。他们自己也惯于行使暴力，听得出来。

这些人是玩真的。

是真的要修理五代他们。

"你们总不可能不知道我们吧？真有勇气。不过，既然有闹事的勇气，当然也有受罚的勇气啰。"

半死不活算好运，搞不好会更糟。

当下五代转身背向同伴，把右手放在背后。

食指向下。这是他们平常就说好的，一起逃的暗号。

这不是基于男子气概，也不是出于牺牲精神。

是自己把他们带到这里来的，看来该负责的时候终于到了。

下一瞬间，五代扑向银发男。

"呜哇！"

他按住银发男的头，咬住他的耳朵。耳朵是人体最柔软的部位之一，而且是要害，突然遇袭无法立刻抵抗。

"嘎啊啊啊啊啊啊啊！"

银发男大叫，几秒后五代感到血味在口中散开。神奇的是，连血都有股大蒜味。

"这家伙！"

其他六人立刻要将五代与银发男分开。这时候怎能松手？！

"放手，死小孩！"

"叫你把嘴巴张开！"

六人的拳脚毫不留情地袭向五代。

视野一角，隐约看到远去的同伴的背影。然而，这视野也渐渐模糊。

五代终于被拉下来。嘴里还有血味，但没有感觉到肉片类的东西，看样子没能将耳朵咬下来。

即使如此，似乎也对对方造成不小的损伤，银发男按住被咬的那边的耳朵在地上打滚。

"一个小鬼胆子倒是挺大的嘛。"

"休想全须全尾地回去。"

明明就算乖乖听话也没打算让人全须全尾回去。

五代很想回嘴，但肚子挨踢导致呼吸不顺。这当中银发男缓缓站起来。

"……我会让你后悔被生下来。"

银发男从口袋里取出一个发亮的东西。

一把折叠刀。

下一秒，五代的腹部中央感到剧痛。

看来是挨刀了。

他知道血随着心跳的频率流出体外，有种生命也随着血一起流出去的感觉。

我会就这样死去吗?

真遗憾。

生而为人虽然不成器，但还是有一两件想做的事的。

他们几个，不知道顺利逃走了没?

够痛的。

来到这世上，活的方式一直受到强制。

至少怎么死想自己选啊。

真的好痛。

但剧痛也和意识一起渐渐远去。

不久，黑暗笼罩了五代的意识。

隔着眼皮感觉到微微亮光。

眼睁开一条线，日光灯就在正上方。

蒙眬的意识逐渐恢复，五代环顾四周。

米色的墙和天花板，白色的窗帘和医疗器材。

继视觉之后，嗅觉也恢复了。血和消毒水的味道。看来自己躺在医院的病床上。

"好像醒了。"

转头看声音的来向，鸨沼就躺在隔壁病床上。

"你怎么会在这里？"

"哦，已经能说话了啊，好惊人的体力。"

鸨沼佩服地往这边看。

"你等着，我这就去叫医生。"

"在那之前先回答我，你为什么会在这里？"

鸨沼举起左手代替回答。

他手臂上有针孔。

"输血。幸好我们血型一样。"

五代的头脑依然混乱。

"我有事要去那边，所以从市公所附近经过。看见你倒在那里，就叫了救护车。你真是好运，医院就在附近。"

"慢着。"

五代瞪对方。虽然在这种状况下还有多少狠劲他实在没把握，但他无法不瞪。

"你为什么要帮我？你到底有什么企图？"

"你胡说什么啊。"

鹄沼一脸不可思议。

"同班同学流了好多血倒在眼前，当然要救啊？"

"可是你以前被我们勒索过。"

"这跟那是两回事。第一，这世上没有理由让人对一个快死的人见死不救吧？"

"……你，白痴啊？"

"我想至少比你聪明。"

"我可不会感谢你。"

"谁会先考虑这些再行动啊。"

不一会儿医生和护士赶来了。

"已经恢复意识了吗？好惊人的体力啊。"

"你要谢谢你朋友哦。他输了很多血给你。"

在五代听医生说明自己的伤势期间，鹄沼的视线一直朝向天花板，看也不看他一眼。

虽然护士要五代道谢，但五代不肯。

他觉得鹄沼也不想要他的道谢。

被输了不少血好像是事实，鹄沼也被禁止马上起床。

那之后，鹄沼就不再跟他说话了。

当墙上的钟走过晚上十点，鹄沼终于起来了。

"我走了，你保重。"

只留下这句话就走出病房。

后来刑警来问话，但五代随便应付过去了。

当天晚上，他难以成眠。

五代出院第二天，在学校拦住鸫沼。

"两周就出院了啊，好得真快。"

"你来一下。"

"一个大病初愈的人找我什么事？"

"少啰唆，来就是了。"

他把鸫沼带到无人的音乐教室。

"还你。"

五代把一个信封递到鸫沼面前。

"这是什么？"

"从你那儿抢的钱。五千二百一十元对吧？"

鸫沼确认了信封里的钞票金额，同意般点头。

"嗯，五千二百一十元整。"

然后理所当然地收进制服的内口袋。

"……没有道歉费。"

"不用，只要能买参考书就好。"

"也没有输血的谢礼。"

"收你的钱，我就变卖血的了。"

淡定的应答，完全挫了五代的气势。

"哎，坐啊。你身体再怎么好，也是大病初愈。"

"要你管。"

"你要是又倒在这里，我又得输血给你。那样你也愿意？"

理是歪理，却有说服力。五代便依言就近在椅子上坐下。

"伤口愈合了吗？"

"没愈合能出院吗？"

"说的也是。你带我到这里干吗？"

"只是想还你钱。"

"为了这点事就把我带到这里，是因为在大家面前很丢脸吧？"

"你烦不烦啊。"

"你很讲道义，这倒是新发现。而且五千二百一十元整这个金额也令人佩服。"

"怎么说？"

"要是再往上加，就是你想用钱解决你对我做过的事。我是不会接受的。"

"哼，果然还在记恨嘛。"

"打人的会忘记，挨打的可不会。"

"那就来啊。"

五代把学生服和衬衫撩到胸口。肚子上还留着深红色的缝合痕迹。

"你用力踢这里。医生说，因为愈合还没多久，伤口很容易裂开。这样我们就两不相欠了。"

"你白痴啊。"

鸪沼一副跟他谈不下去的样子摇头。

"我刚才也说过，你再流血，我就又得帮你。老实说，输那么多血，我头晕了快一个小时。我才不想再来一次。"

"施了恩就想跑？"

"你在生气？"

"被你救了一次，让我实在很火大。"

"真奇怪。"

"有什么好奇怪的？"

"你体内应该有不少我的血才对。那样的话，火气应该不会这么大啊。啊，下一堂课要开始了，要赶快回教室。"

"慢着，我话还没说完。"

"那就等下一节课下课时间再说。要是那样时间还不够，就等放学后，再不够就明天。时间多的是。只要活着，平安，就有很多时间。"

五代无言以对。

3

自输血一事之后，五代就经常找鹄浩说话。只不过也不是什么亲近热络的谈话，他纯粹是为了刺探对方真正的想法。

对五代而言，鹄沼是个不可思议的人。他根本没什么力气，却胆大沉着，爱讲道理却也重情，至少是五代至今没遇过的那种人。

他的家庭成员和父母职业这些五代听其他同学说过。他家里就只有父母和他三个人，没有其他手足。鹄沼的父亲是配管工，母亲在成衣量贩店工作。

就五代的观察，鹄沼并没有喜欢抢风头的表现欲，班长也是同学推到他身上才当的。

五代想不通，便在教室直接问他本人。

"你干吗当班长？上大学或找工作的时候可以加分吗？"

"只当班长应该没有什么帮助。"

鹄沼毫不避讳地直言。

"如果不是去国外当义工，或是以学生身份成立NPO法人这类拿得出手的，在面试时没有优势。"

"那你当班长不就只是打杂吗？多心酸。"

"因为大家要我当。再说，一定要有人当啊。"

"可是又不是非你不可啊。"

"也没有规定我不能当。"

只因为别人要他当，就接下一点好处也没有的工作，这行动本身就令五代难以理解。他认为"烂好人"顶多只能当到初中为止，往后所有的行动都应该建立在计算和谋划上。

"我不懂你这个人。"

"哦。"

鸫沼意外地说。

"先不说成绩，我一直以为你比我还懂人情世故。"

"懂人情世故又怎样？"

"因为没有像我这么好懂的人了。连这都看不出来，那我看你也没有多聪明。"

如果是在输血前，五代一定已经抓住他的胸口了，但神奇的是，现在他一点都不觉得生气。

"聪明就不会窝在这种学校了。"

之前在学校里，五代没有机会和乡田他们以外的人说话，所以和鸫沼的对话很新鲜。不，新鲜多半是因为对方是个完全无法理解的人。

五代对鸫沼的兴趣不减反增，连放学后也缠着他。

"我跟你回家的方向应该不一样吧？"

"我又没有要跟你走在一起。只是跟在你后面而已，别在意。"

"你缠着我想干吗？"

"想看看有没有机会揍你一顿。自从被你救了以后，我的状况就一直不太顺。"

"揍了我就会顺？"

"……你就是这样爱辩爱讲理，让人很不爽。你自己知道吗？"

"道理是很重要的。"

鸫沼一派理所当然地说。

"要是感情用事，人类采取的行动就会很不理智。我不喜欢那样。"

"你救我不也是感情用事吗？"

还以为他会立刻回答，但唯有这次出现了一拍的沉默。

"那不像感情，比较像脊髓反射。倒是刚才，你说自己是窝在学校？"

"对啊，我说了。那又怎样？"

"所谓的'窝'，是有远大志向的人才会用的词。你有什么志向？"

五代词穷。

志向？

那种事，父母没问过，老师没问过，连自己都没问过。一时之间怎么可能答得上来。

"难道你是以黑道为志向的？"

他说得简直像在问是不是立志当公务人员。然而，鹄沼这个人似乎格外不懂得看状况，说话的时候旁边刚好有两名结伴的主妇经过，五代尴尬得要命。

"那种不叫志向，是不知不觉就变成那样的。"

"对哦，倒是没听说过有培养黑道的专门学校。"

"你是在开玩笑吗？"

"我不太会开玩笑的。"

本以为是说笑，但在鹄沼身上或许是真的。他的确很难想象鹄沼说笑话的样子。

"照现在这样下去，你大概也会不知不觉就变成黑道人员吧？"

五代张嘴要反驳，但话卡在喉咙里出不来。

鹄沼绝对没说错。不只鹄沼，任谁来看，五代的将来都很明显。才上高中，就已经为暴力集团的储备成员工作，照这个状况，毕业的同时成为他们小弟的概率极高。

陡然间，五代的脚步停了。

鹄沼的背影越来越远。

鹄沼头也不回。

五代右转，走上回家的路。刚才紧跟在鹄沼身后的脚步突然感到万分沉重。

五代家在石卷市旧北上川边的街上。虽然比鸫沼家离海远一点，却是在河边。

五代讨厌自己的家。

他对所住的这片土地并不感到厌恶，从有记忆以来便看惯了有河的风景。时而平静，时而激越，日日变化万千的河面怎么也看不腻，他也很欣赏河流将绝大多数的废物和土石冲刷掉的力量。

他讨厌的，就只是自己的家。

屋龄三十年的木造平房。因为属于老住宅区，左邻右舍也都差不多。

一开门，就看到一双熟悉的男鞋乱脱在门口。看来今天父亲也在家。

光这样他就泄了气，但要沿原路折回又令人光火。五代决定进门。

直接从厨房旁走过，回里面自己的房间。途中经过父亲的寝室时，一股酒味扑鼻而来。这两年他都没进去，但连走廊上都闻得到，不难想象房间里是什么鬼样。

经过时他不由得加快脚步。

"良则，你回来了？"

寝室里传来一个粗野的声音。

"回来不会跟你老爸说一声吗？"

父亲大概自以为教训得有理，舌头却打了结，肯定是从中午喝到现在。

谁要理醉鬼。五代对父亲的声音听而不闻，进了自己房间。当然，不会忘记从里面上锁。他的身高和体格已经超越父亲。就算打起来，他也不认为自己会输，但痛殴父亲的脸也不是什么愉快的事。多一事不如少一事，与醉鬼还是保持距离方为上策。

父亲晴彦是在五代读国三时开始酗酒的。他是个手艺不错的泥水匠，但吃亏在脾气暴躁，工作做不久。工作做不久，收入也就不稳定。饱受晴彦暴力的母亲受够了，在外头有了男人，离家出走。从此，五代便与父亲两个人生活。

即使做的事和混混没两样，但落了单之后也只是个十七岁的少年。关在自己房里赖在床上，不安便冒出头来。

"再这样下去，你不知不觉也会变成黑道吧？"

鸽沼的话在脑中响起。他并不是没考虑过成为黑道的可能性。一直帮学长们跑腿下去，那是当然的归宿，但经验值太低，他的眼睛被蒙蔽了。

人生还很长，怎么能十七岁就定终生！若说他从未有这种心情，那是骗人的，但心情终归只是心情。十七岁的心情在现实面前根本微不足道。

陡然间有一种视野变窄的错觉。眼前只有一条路，远远说不上无限延伸的路。路的尽头的人，一眼就认得出是黑道。

真是无聊到爆的人生啊。

在几乎要把人压垮的绝望中，五代眺望自己未来的模样，觉得不肯面对现实的后果就要来临了。

黑道人员的末路不可能幸福。不是在牢里老死病死，就是在外面没人送终，就这两个二选一吧。既然走的路只有一条，死的选择当然也就比较少。

模糊地想象着自己人生的终点时，墙的另一边传来父亲的歌声。

他喝醉了在唱歌，好像是父亲二十多岁时流行的昭和时期的摇滚乐。什么"叛逆""摇滚"的，这些词听起来特别刺耳。到现在都还记得歌词，可见当时一定一遍又一遍反复热唱。

向往叛逆和摇滚的结果，就是老婆跑了、天天喝闷酒吗？实在太令人无语，五代连叹气都省了。

平常当作没听到的歌声，今天却无法忍受。五代从床上跳起来，走向父亲的寝室。

一开门他就吼："吵死了！会吵到邻居！"

"你说什么？！"

晴彦缓缓把脸转向这边。脸是红的，眼睛充血。

"你对你爸用什么语气！"

"大白天就泡在酒里，都没资格做人，有什么脸当父亲。别闹了。"

"混账！"

晴彦摇摇晃晃地站起来，举起拳头。

因为醉得厉害，动作缓慢。五代躲过飞来的拳头，往晴彦的胫骨上一踢。失去支撑的晴彦重心不稳地扑倒在地。

晴彦趴在地上，迟迟不起来。五代不愿被反击，往他肚子内侧用力踩下去。

晴彦发出野兽般的呻吟，同时吐出胃里的大量东西。本来充满酒臭的房间，立刻被呕吐物的气味笼罩。

晴彦把胃里的东西吐光之后，不断干呕。那样子实在太丑，看着让人很不舒服。

五代一点痛快的感觉都没有，回了自己房间。看他那德行，晚餐应该吃不下了。能省下一餐，他要感谢我才对。

再次仰望天花板。眼前出现的画面，都是不堪的未来。

翌日放学路上，五代依旧缠着鸲沼。被纠缠的人也没有拒绝的样子，五代就自顾自跟他说话。

"你的牢骚我已经听腻了。"

"我才不管你腻不腻。是我自己在说话，不想听就把耳朵塞起来。"

"耳朵塞起来过马路太危险了。要是这样出了车祸，会被笑死。"

"那你就假装没听到。你那么优秀，这点小事不至于不会吧？"

"你声音太大，很难假装没听到。"

鸫沼终于回头。

"我本来以为随便应两声，你的话就会变少。听你刚才讲的，大部分都是抱怨那些类似混混的工作。你不是自己喜欢才去做那些事的吗？"

"我只是不知道别的赚钱方法而已。"

"所以你不是想当黑道？"

"谁会喜欢一头栽进烂泥里啊？我只是认为我绝对不可能当认真老实的上班族而已。"

"原来你也知道黑道的世界是烂泥啊。"

鸫沼这句话里听不出恶意，所以五代听了就算了，但如果是鸫沼以外的人说的，那个人起码已经挨他一记拳头了。

"我不会说我一定要寿终正寝，可是黑道好像都不得好死。"

"那事情就简单了。你现在就和那些不是善类的学长断干净，朝你想当的自己去努力就好。"

"你是升学就业辅导老师吗？"

"这件事你无论问谁，都会得到同样的答案。别说升学就业，这是常识的问题。"

所谓想当的自己，实在很难描绘具体的模样。成绩中下，又没有体育、艺术专长，更没有异性缘。手上没有有效武器的人，目标也受限。

"像我是选择很少，那你呢？你有什么目标？你这么会讲大道理，一定有辉煌的人生规划吧？"

"没有特别的。"

"嘿，也太没计划了吧？"

"我父亲是配管工。"

"我知道。"

"拉新的管线，或是换掉老旧的管线。简单地说，就是维护维生管线。虽然乏味又不起眼，却是很崇高的工作。"

"配管是很崇高的工作？"

"我说的不是配管本身，是维护人的生活和生命的工作很崇高。从事能让别人幸福的工作不是很棒吗？"

"……你，该不会加入什么不太妙的宗教团体吧？"

结果鸫沼露出苦笑，让五代大吃一惊。这是他头一次看见鸫沼笑。

"有什么好惊讶的？"

"不是啦。原来你也会笑啊？"

"没礼貌。只有人和一部分的猴子会笑。"

鸫沼的笑容有莫名的吸引力。因为难得一见，更具有珍稀的价值。

就这么有一搭没一搭的，鸫沼家到了。五代并不打算跟到人家家里，正准备转身的时候——

门开了，一个穿西装的男子和鹄沼的母亲走出来。

"真的受到您很多关照。"

"哪里哪里，能对您有所帮助，更是我们的荣幸。"

鹄沼的母亲一副感激不尽的样子，频频行礼。应该是工作上的来往吧。但错身而过时，五代看了男子的长相，心中一凛。

"哦，骏，你回来啦。"

母亲一看到两人，便笑开了。

"哎呀，你朋友呀？"

"也不算朋友。"

"说什么呢！不是朋友，怎么会一起放学？同学叫什么名字？"

突然被问到，五代也走不了了。

"呃……我是五代。"

"五代同学呀，有空就进来坐坐再走。阿姨请你喝茶。"

要说毫无心机还是强迫呢？鹄沼的母亲抓住五代的手就往门里拉。五代求救般地看鹄沼，他摇头表示死心吧。

一步步被带到鹄沼房间，五代无奈，只好坐在他母亲兴冲冲拿来的坐垫上。坐垫本身坐起来舒不舒服是其次，他的心情实在说不上自在。

"抱歉，好像硬把你拉进来。"

鹄沼过意不去地道歉，但这也没什么好道歉的。

"看样子，你跟你妈不像。"

"对。大家都说我比较像爸爸。我妈就是那种个性，只好请你忍耐一下。你跟我待在一起，也很闷吧？"

"我是无所谓。不过，有件事我有点担心。刚才在门口遇到的那个西装男，他是干吗的？"

"金融公司的人啊。好像是'东北金融'的吧，姓能岛。"

听了他的姓名，五代就确定了，果然是同一个人。

"那个'东北金融'的人，怎么会跑来你家？"

"金融公司的人来访原因只有一个，就是来劝你融资贷款啊。不过，反正这不是可以跟同学说的事。"

"你们有跟他们借钱？"

"像我们这种自营业，每一家或多或少都有借。现在经济不景气，中小企业不得不挖东墙补西墙。"

"借了多少？"

"这我就不知道了。话说，我有义务跟你说吗？"

"现在马上回绝。"

"咦！"

"不要咦了，绝对不要签约。要是已经签了，就算去别的地方借，也要马上还清。"

"你突然说什么啊？"

"那个能岛是道上的人。"

一直很冷静的鸪沼脸色变了。

"开玩笑的吧？"

"这种事能拿来开玩笑吗？！给我们提供工作的是一个叫金山组的暴力集团，他们当然不可能另起炉灶去干正当的营生。这你应该明白吧？"

五代本身对于地方暴力集团金山组也不是完全了解，但从学长那里听来的片段情报，足以让他了解其大致的样貌。

"那叫作傀儡公司。表面上是正派的公司，经营者却是跟组里有关的人。这些表面的生意获得的利益就直接成为组里的资金来源。'东北金融'也是傀儡公司之一，我看过学长和能岛见面。"

"这也没什么好惊讶的啊。'东北金融'表面上是正派的公司吧？如果是收高利贷或是会乱讨债的金融公司，我爸再傻也不可能跟他们签约。"

"'东北金融'本身是正派的没错，陷阱就在这里。你知道债权转让吗？"

鸻沼摇头，五代便继续说明："就是不改变债权内容，直接转让给其他金融公司。这是一种债权回收的方式，在大银行和非银行金融机构都很普遍。"

"既然内容不变，不就是只换债权人的名字而已吗？"

"要是转让给地下钱庄之类的地方，就没有那种好事了。他们会以合约到期为由，把合约改了。即使改得再黑心，贷款的一方也无力反抗，可能一转眼土地、房子就被抢走了。"

"我们也被当成那种对象吗？"

"能岛都来了，绝对没错。"

鹄沼沉思片刻后抬起头来。

"再过三十分钟我爸应该就会回来了，你能不能把你现在说的这些，说给我爸妈听？"

"你说就好了啊。"

"由了解内幕的人来说明才有说服力。"

这次换五代沉思了。

与学长互通声气的自己直接把内幕抖出来，要是被知道了，当然不会没事。

但看着眼前神色凝重的鹄沼，他又无法拒绝。

自己明明不是对别人言听计从的人才对啊。五代不明白自己怎么回事，正呆呆沉思时，鹄沼的父亲回来了。

五代不得不依约当着鹄沼父母的面，说明"东北金融"债权转让后回收的陷阱。鹄沼父母一开始还半信半疑，但一知道五代虽属末端，仍与金山组有关的事实，便脸色大变。

"喂，还没有正式签约吧？"

"今天只说明就回去了，因为要由老公你来签约呀。"

"打电话就好。随便找个理由，就说往来银行愿意融资什么的，现在马上回绝。"

才说完，鹄沼的父亲便拿起市话机的听筒，打电话找"东北金融"的人。

说了不签约一事，对方出乎意外地爽快答应，并没有争执。也许就"东北金融"而言，这只是好几个对象里的其中一个不成而已，所以并不怎么执着。再怎么说，他们表面上毕竟是正当的金融公司。

"五代同学，没错吧？幸亏你告诉我们。"

和对方谈完，鸨沼的父亲不忘向五代道谢。

"虽然，这话不该向一个今天才见到的别人家的儿子说，但我还是要说，你最好跟那些人趁早断干净。"

"我没有顶嘴的意思，但就像您说的，我是别人家的儿子，是外人。"

"都一样。"

鸨沼的父亲立刻回答。那质朴的说话方式令人想起鸨沼。原来如此，看来鸨沼像父亲果然是真的。

"提醒一个就要走错路的孩子是大人的义务。说不听就用打的。"

慑于他的视线，五代一时不敢动弹。

心想，同样是父亲，差得还真多。

两天后，鸨沼看到五代的样子瞠目结舌。

"你到底怎么了？出车祸了吗？"

也难怪他吃惊。这天早上五代在镜子里看到自己的脸，眼皮也好，脸颊也好，一张脸肿一片，一半缠着绷带，看起来简直换了一个人。脖子以下被衣服遮住的部位也有大大小小的伤痕。治疗的医生叫他躺三天，但五代硬是咬牙上学，就是要硬撑给打伤自己的人看。

那天，五代从鹄沼家回家的路上遭到突击——被四个男人逮住，拉到暗处。

"就是你吗？去多嘴的。"

其中一个不出所料，就是能岛。

"错身的时候，我就觉得在哪里见过，原来是茂仔学校的学弟。你很爱管闲事嘛。那应该有心理准备吧？"

能岛抛开面对鹄沼的母亲时满脸的营业笑容，露出原本凶恶的面目。接下来几个男人的暴行持续了一个多小时。五代能留下一条小命，是因为他还是高中生，他们不想把事情闹大。要不是他还在上学，这些人恐怕不会这样就放过他。

看五代体无完肤，鹄沼大概猜出是什么情况，也不追问。

反而问了这句话：

"你不会不甘心吗？"

"四对一，寡不敌众。当然会被海扁。"

"重点不是输赢。"

鹄沼把脸靠过来。

"就算对方是黑道流氓，你不觉得太不合理了吗？你明明只是提醒我们，免得我们家被吃干抹净而已。"

"烦欸，白痴。耳朵这边也会痛，讲话不要太大声。"

鹄沼仍是一脸严肃，五代便不再闪躲。

"我再问你一次。你不会不甘心吗？"

"……只挨打却还不了手，当然不甘心。"

于是，鹄沼突然压低声音："你不想反击吗？"

"我吗？我一个人怎么反击？"

"你说过，你不是真的想当黑道，只是绝对没办法当认真老实的上班族对吧？"

"那又怎么样？"

"要不要试试介于这两个之间的工作？"

"我完全不懂你在说什么。"

"就是去揩流氓的油。"

这次五代真的傻眼了，心想这人开口说的是什么。

"抢黑道的钱。这既不是认真老实的上班族做得到的事，也不是当黑道，又可以整他们一个措手不及。"

"喂，你冷静点。"

"我是在冷静时跟你提议。你好像太小看自己了，你既有胆量，又有领导能力。我爸妈一眼就相信你，所以你给人的第一印象也不是太差。"

"慢着。你说的，该不会是搞一些像诈骗之类的事吧？"

"不是像，就是。"

"说得跟真的一样，像我这种笨蛋怎么骗得了人？"

"谁要你一个人去骗了，我当然也一起。"

"模范生干得了诈骗？"

"模范生才干得了。你知道吗？诈骗是智能犯罪，警察那边也是由脑筋灵光的警官侦办的。"

五代望着鹄沼的眼睛。这个本来便与玩笑无缘的人，现在也以无比正经的眼神定定地注视他。

五代也只好下定决心了。

"哼。你就先说说看吧。"

4

将自己的小弟（茂仔）的小弟打得半死的几个月后，能岛店长在"东北金融"迎来了稀客。那个叫五代的高中生竟跑来事务所说想实习。

五代恭敬地赔罪，说上次的事是因为事关同学迫于无奈。不仅如此，他深刻反省，想改头换面，说渴望在"东北金融"学习业务内容。看他态度如此恭谨，能岛接受了他的赔罪。他本就听说五代有统筹部下的能力，也才十七岁。现在开始训练，将来也有潜力成为金山组的储备领导。

能岛认为上次彻底教会了他对上位者的礼仪。那是黑道比一般社会更看重的铁则，教得再狠都不算过火。再加上五代虽有那个年纪常有的张狂，却也有可爱的地方，能岛个人并不讨厌这种类型的年轻人，认为让他在毕业的同时进"东北金融"也很有意思。

在这个情形下，在五代来"东北金融"实习的第二天，有业者来拜访能岛——一家从事计算机软件程序的公司"HAL系统"，来的人，他姓添田。他事先有预约，也没有理由不见。添田于约定的傍晚六点准时出现。

添田给人的第一印象不好也不坏，就是个欠缺沟通能力的工程师。递出来的名片是上下相反的，连行礼也很生硬，八成本来是技术专员，现在被拉来跑业务。没有寒暄就直接谈正事，证明他不熟悉跑业务流程。

"这次来拜访，是为了上次在电话中谈到的，千禧年问题的解决方案。"

计算机的"二〇〇〇年问题"，从去年起便骤然间备受瞩目。

当前大多数企业所使用的计算机软件都是以两位数的文字来显示年份的，公历仅取四位数当中的后两位来记录、处理。然而依照这个方式，二〇〇〇年在计算机内部会变成〇〇年，被误认为一九〇〇年。

于是社会大众与企业内部的计算机便会出现以下问题：

发电、输电功能停止与误判造成的停电

医疗器材停止运作

上下水道停止供水

铁路、航空管制系统等交通机能停止

军事基地的导弹等误射

其中对企业来说最为重要的是以下两项：

银行、股市等与金融相关的系统停止运行

通信机能停止

目前像"东北金融"这类中小型金融公司也是以计算机来管理客户的。但系统并非自行开发的，而是低价购入同业所使用的债权管理软件，所以在安全方面一直隐含危机。

"千禧年问题简单地说，其实是系统工程师的功课。"

根据添田的说明，"黎明期"的计算机所使用的磁带不仅记忆容量极少，价格也高，因此工程师被要求在写程序时尽可能节省记忆空间。也就是说，公元年份缩减为后两位以节省空间是极为理所当然的做法。这类程序大多开发于一九六〇年至一九八〇年，开发的当事人一直是以"在二〇〇〇年之前，应该会有所改良，或者会更新为新系统"为前提，所以对于千禧年问题一直没有采取充分的对策。

"所以这项功课一直到今天都没有解决？"

"是的。但没做功课的后果却由企业而非系统工程师来承担。所以现在全世界都在修正一九九〇年之前开发的计算机程序，大家都战战兢兢，生怕这项修正作业需要庞大的费用和时间。"

上级也曾对能岛表明过同样的担忧。最近大学毕业加入黑道的人员也越来越多，但擅长数字的人还是属于少数。"东北金融"也不例外，假使计算机系统失效，他们实在没有把握能以纸本账簿来进行客户管理。这也是当添田碰巧打电话来推销时，能岛会一口答应见面的原因。

现在明白千禧年问题的要点了。重点是，能把费用压到多低。

"我想先请问一下，更新成新程序需要多少费用？"

但愿在一百万元以内，要是超过，就必须先征求上级的许可。

然而添田的回答令人惊讶。

"包括车马费在内，一万五千元。"

一时之间，能岛以为他听错了。

"是不是少了两个零？"

"不，只要一万五千元，我就能解决程序里的千禧年问题。"

"时间呢？"

"现在就可以。"

虽觉得事情未免太顺利，但这样的价钱形同免费。也许没什么效果，但有效果不就赚到了？

"那么，请您立刻开始。"

"好的。"

"那个……主机在另一个地方。"

"只要终端操作就可以了。"

添田从公文包里取出他事先带来的CD-ROM。

"接下来是企业机密，无法让您看屏幕，请别见怪。"

添田将计算机背向他们，开始展开作业。事务所里，五代和其他员工都一脸好奇地看着添田的一举一动。说是作业，也只是插进CD-ROM不断敲键盘而已。

过了三十分钟左右，添田抬起头来。

"好了。"

"咦！"

能岛不禁惊呼。

"这么快？我们一直在旁看，可是您看起来不像做了什么事啊？"

"只是更新成最新的软件而已，属于一般业务范畴。只要将所使用的作业系统升级应该就没有问题了。"

"可是，没想到竟然这么简单。"

能岛回到自己的座位，半信半疑地打开桌上的计算机。随机找一笔债权确认还款状况，上面显示的公历已经从两位数变成四位数了。

"……真厉害。"

"我们系统工程师，主要不是在出问题的时候解决问题，而是预先采取万全之策让问题不要发生。这点小事不算什么。"

添田边说边将CD-ROM收进公文包。

"再向您确认一下，真的只要一万五千元吗？"

"您也看到了，我并没做太多事。"

能岛要女职员把装了现金的信封拿来，亲手交给添田。

"谢谢惠顾。"

"哪里，下次再遇到问题的时候，再请您帮忙。"

"那就麻烦了。"

没寒暄几句添田就走了。工程师出身的业务员连打招呼都不及格，但不得不承认人家就是有知识、有技术。

才花一万五千元就解决了千禧年问题，向上头禀报，一定会备受赏识。

能岛不禁哼起歌来。

第二天却发生了异状。

能岛正准备去跑客户时，一个女职员一脸狐疑地跑来问：
"店长，请问今天有预定要放款吗？"

由于"东北金融"的业务主要是对中小企业融资，操作上全
都是利用企业银行服务[1]进行的。新增放款或增资也都可以通过事
务所的终端机处理，但规定每一次操作都必须经过能岛许可才能
执行。换句话说，不可能有能岛不知道的放款。

"没有啊，今天一个放款也没有。"

"那就奇怪了。银行开始营业后，有不少金额移为放款金。"

"你说什么？"

能岛匆匆跑到她身旁看屏幕，上面显示的是公司名下账户的
出纳记录。

昨天关账时还有结余七千二百万元左右，到这时候已减为
三千万左右了。仔细一看，系统正以一千万元为单位陆续将钱汇
入其他账户。而且那些账户都是能岛没见过、没听过的。

"搞什么？到底发生了什么事？汇款应该只有这台计算机能
操作啊！"

"或者是从银行窗口。可是，银行窗口汇款的汇款手续要有
我们的银行章才能办。"

---

1 firm banking，银行或信用合作社向企业提供的服务系统，双方通过
专用线路或专用终端机、软件直接进行交易的数位金融服务。

女职员走到保险箱，从中取出印鉴盒。

"银行章好好的在这里。"

谈话间，结余又少了一千万。

"怎么回事？"

"不……不知道。"

"查啊！就是请你来做事的！"

女职员以快哭出来的表情操作计算机，但这期间又少了一千万。结余只剩下一千多万了。

"不知道，店长。钱是通过企业银行服务出去的。可是，我们什么操作都没有做。"

"怎么可能？！"

不可能的事就在眼前发生。明明没碰键盘，结余金额却变了。

支出一千万元。

结余二十五万八千五百二十四元。

能岛骤然虚脱，靠在办公桌上。

总计汇入了七个账户，但每一个户名他都没印象。也就是说钱未经同意就转给了素不相识的人。而且活生生地，就在能岛等人眼前，通过企业银行系统发生了。

这实在太不真实了，能岛一直盯着屏幕看，但结余并没有复原。

"能岛被上面叫去了。"

五代到了鹄沼的房间，开口第一句就这样宣告。

"是董事什么的打电话来的。他越讲脸就越发青，讲完就冲出去了，看那样子不可能没事。"

"你不用实习了？"

"整个事务所乱成一团，没人有空理一个高中生。倒是你那边，'东北金融'转出去的钱都弄好了吗？"

收钱的账户全都是五代他们和添田，也就是恭哥，弄出来的空头账户。当然是专为这次开的，用完就马上结清。

"还好银行都集中在车站前。一共七个账户，虽然多少花了些时间，不过全都转到别的账户去了。"

鹄沼拿出汇款收据，收款的都是育儿院。

"不过，真没想到能这么简单就抢到钱。眼看着余额越来越少，能岛他们一定都傻了。"

"那本来就是从'东北金融'的软件里拷贝出来的。只要知道账号和密码，一根手指就能搞定。"

更新程序那时所使用的CD-ROM并不是用来升级的，而是用来拷贝作业系统的。只要能连上大型主机，用家用计算机操作，便能连上"东北金融"的企业银行服务。

"听你这样说明，我大概懂了，可还是无法完全了解原理。"

"我也不是全部都了解，所以才要请恭哥。再说，策划人不必懂得每一个细节。策划人必须做的是周全的准备和寻找适当的人才。"

想到利用企业银行服务和空头账户来盗领钱财的是鹄沼，但身边没有熟悉作业系统的人。虽然也考虑过拜托高中校友，但大学生或上班族不可能愿意给高中生策划的诈骗帮忙。

但鹄沼有胜算。因为他从最新的报道得知，即使贵为系统工程师，也有不少人因为经济不景气而流落街头。

当然，合适的人才没有那么容易找。于是鹄沼和五代不仅在石卷市找，还远至仙台。走访无家者群聚的地点，一个个去找有系统工程师背景的人。

这样花了七天找到的，便是人称"恭哥"的这个人。有金融系统开发的经验，果然也是因经济不景气遭到解雇的。

"像我这种程度的系统工程师多的是。"

恭哥这样自嘲，但对鹄沼他们的计划来说，他是绝佳人选。当初因对方是高中生而一脸怀疑的恭哥，一听到鹄沼的计划概要与报酬金额，眼神就变了。报酬二百万元，工作内容对系统工程师而言根本小菜一碟。

有了恭哥的加入，剩下的就简单了。自制"HAL系统"的名片，把恭哥打扮成业务员。添田当然是假名。几乎每一家金融公司都为千禧年问题忧心，所以他们有把握，只要利用这一点，能岛一定会上钩。果不其然，能岛吃了饵，约好见面。五代以实习的名目进入事务所，也是为了亲眼监督恭哥的工作。

"恭哥呢？"

"完全按照计划，他收了二百万的酬劳，立刻就赶往仙台机场了。"

"逃到国外啊？"

"是国外还是国内就不知道了。"

"说到这儿，到最后还是一直没问恭哥的本名哦。"

"我们没有知道的必要。"

五代在床上躺成一个"大"字形。

"好不容易抢到七千二百万，其中二百万是给恭哥的报酬，其他的全部捐出去。我们两个主谋一毛钱都没有啊。"

"我们的目的本来就是掏空他们，不是赚钱。"

"你真大方。"

"俗话说，不义之财不久留。"

明明成功骗到巨款，鸫沼却冷静得一如往常。

"钱又没有黑的白的之分。"

五代挑衅地说。事情本来就是鸫沼提议的。

"什么意思？"

"没什么意思，就字面上的意思。就算是从黑道那里抢来的钱，只要用在有意义的地方就行了。像现在，获赠一千万的育儿院，就对我们千恩万谢。"

五代慢慢爬起来，拿食指指指鸨沼。

"不想混黑道，又不可能当认真老实的上班族。要不要试试这两个中间的工作？是你这样教唆我的。"

"那又怎么样？"

"这次的事，让我明白我们有诈骗的才能。我想发挥这才能，当然也要拉你下水。"

结果鸨沼难得露出为难的神情。

"和你联手一定很好玩，不过我拒绝。"

"为什么？"

"就算不会变成黑道，也不能再是堂堂正正的人了。那会违反我的信条。"

"你很不合群欸。"

"你自己一个人也可以的。"

"那当然。"

五代撂下这句话，也没招呼一声就走了。

第二天，五代还是不死心地找鸨沼说话，但对诈骗一事绝口不提。明明也没有事先说好，鸨沼却好像有同样的想法。

能岛突然不见了，究竟是失踪还是被杀不得而知。这么一来，五代与"东北金融"之间的关系也就自然消亡了。

五代继续与乡田等人来往，但言明不再从事以前那种类似黑道行为的校外活动，慢慢与他们就疏远了。五代无意追问，因为改变的恐怕是五代自己。

与鹄沼说的话大多是一些无关紧要的闲话：彼此的兴趣、喜欢的女生的类型、平常的不满，其他一些有的没的等没营养的事。五代与鹄沼的组合似乎相当令人意外，班上同学虽然好奇，但五代不予理会。

不久，两人升上三年级，来到各自人生的十字路口。

五代决定上补习班，朝会计师努力。当然不是为了当正派会计师，而是为了取得诈骗必需的知识和资格。

另一边，鹄沼则不出所料，准备上大学。据他本人的说法，要找一个能充分发挥自己才能的地方。五代抬杠说他慢吞吞，得到的又是一句老成的"现在不急"。

二〇〇一年三月，两人自高中毕业。

5

在穿孔机前停下动作，监狱管理员的斥责立刻从作业场一角朝五代射来。

"偷什么懒？！"

"对不起！"

回答监狱管理员的话已经形成脊髓反射，对命令的回应、道谢、道歉，不用考虑事情的是非对错，自然而然就脱口而出。

宫城监狱的作业场中，以制袋部门的从业人数最多。其中一个服刑人挨骂这点小事谁也不会留意。五代重启中断的作业，化身为穿孔机的"附属品"。只不过他的手虽然在动，满脑子却是出狱后的新计划。

好啊，我就几近无酬地提供劳力给你们。所谓的徒刑，就是这种合约。但我的脑子我要任意使用，法律和判决都休想越雷池一步。

头一次诈骗后十年，五代在宫城监狱服刑。他并非初犯。二十三岁时，他利用会计师头衔策划投资诈骗，提出成立IT顾问公司，以三年后资本加倍一案的资本金名目向客户骗取现金三千万元。此事败露后，他被判了有罪缓刑。

第二次则是三年前，会计师资格被撤销后，五代策划的仍是投资型诈骗。把地方市议员拉进来成立公会，推出标榜一年有百分之六到百分之七的高配息的商品，募集了约十四亿元的资金。典型的空头投资诈骗，不到一年经营就出了问题，那位市议员和五代都因诈骗罪被捕。

这次被判了五年徒刑。都两度遭到有罪判决了，这下应该学乖了吧——只有不懂得犯罪心理的外行人才会这样想。失手两次，第三次一定要成功，这才是正确的诈骗之道。

"五代先生。"

在旁边默默工作的利根胜久小声叫他。利根仍面向着作业台，只嘴巴微动，监狱管理员便很难发现。服刑人员交谈时大多遵守这项不成文的规定。

"那个监狱管理员一直盯着你，请你多小心。"

"噢，谢谢你的忠告。"

利根叹着气，轻轻摇头。别人的事明明用不着去管，利根却每次都会插手。他的举止一点都不像坏人，所以五代也忍不住会照看他。

大体而言，会进监狱的人都很怕麻烦。精神上和经济上受到压迫时，舍弃老实但麻烦的路，而选择了方便的捷径的人，便容易走向犯罪的道路。不，与其说走，不如说陷进去更为贴切。没有人生来就是坏人，只是一次次选择的结果归结到现在而已。下坡自然比上坡轻松，可一旦开始向下，加速后便是头下脚上地栽进无边地狱。

然而利根这个人老实得不能再老实了，而且非常重情。无论什么事都不怕麻烦，无论对谁都诚恳真挚。这样一个人怎么会入狱，五代觉得奇怪，一问之下，原来他去福祉保健事务所纵火了，所以说世界真是无奇不有。无论如何，利根都是出去以后的工作上不可或缺的人才。说来似乎矛盾，但五代相信老实认真和不怕麻烦的个性是诈骗分子的最佳资质。

十二点一到，服刑人便到工厂里的餐厅吃午餐。五代装作不经意地坐在利根旁边。

"那件事，你考虑过了吗？"

利根也面不改色地回答："现在谈出去以后的事，会不会太早了？"

"无论什么事，太早总好过太晚。"

"我当不了诈骗分子的。"

"没有人生下来就是诈骗分子，是要成长为诈骗分子。"

"我出去以后有非做不可的事。"

利根不肯详细说，但显然意志坚定。五代深知遇到这种情况，积极拉拢会造成反效果，便很干脆地收手了。

休息后，十二点三十分又开始作业，直到下午四点三十分；结束作业，点完名，验完身，便回房；下午五点到五点十五分吃晚餐，晚上九点熄灯就寝。每天的生活千篇一律，监狱就是这样一个地方。

然而这一天，二〇一一年三月十一日，却成为不同于以往的一天。

将近下午三点时，发生了异状。

五代他们正在工作，身体却毫无预兆地受到冲击。

那股从脚底突然向上撞的冲击让人失去平衡。五代当下本能察觉站着会很危险，便钻进作业台底下。

是地震吗？

下一秒钟，横向晃动来了。

即使蹲低身子，仍晃得让人差点儿跌倒，架上的工具猛然朝水平方向四射。从天花板上垂挂下来的灯晃得简直快被扯断。

东西掉落的声响让四周一阵骚动。但所有服刑人竟然只叫了几声就安静下来，应该是事情发生得太过突然，让他们的嘴唇麻痹了。

十秒。

二十秒。

三十秒。

强烈的摇晃仍持续着，这种摇晃方式终于让人明白这不是一般的地震。摇晃一直没有平息的迹象，晃动着全世界。

玻璃窗在震动中扭曲，发出刺耳的声响，向内侧碎裂四散，往附近的服刑人的头上掉。

"躲到作业台底下！"

"离开窗户！"

这时候几个监狱管理员才下指示，但作业所里几乎所有人都已经低着头静待风暴过去。

六十秒。

理应坚固的架子受不了长时间的震动，从根部发出声响倒塌。工具与制袋材料散乱成一片，让人没有立足之处。

"五代先生！"

旁边的利根关心地往这边看。

连这时候都还在担心别人啊。

五代点点头表示自己没事，但他知道自己的脸在抽搐。

八十秒。

世界仍继续崩坏。十秒感觉像三十秒那么长。

果然不是一般的地震。

忽然间，作业所停电了。灯光全无，运作中的电动机静了下来。

五代起了一身鸡皮疙瘩。

入狱之后，他虽经历过几次小规模的地震，但大多几秒就停了，也没停过电。

然而，这次不同，简直就像不明所以的天崩地裂。

作业所的灯一熄，就感觉得出外面的昏暗。今天上午本是晴天，但很快就被雪云覆盖。昏暗中，不像人世的摇晃仍在继续。

一百秒。

作业所各处仍不断响起东西掉落和破裂的声响。从脚底下传来的地鸣也没有停过。无论是服刑人还是监狱管理员，没有任何人出声。唯有震动与破碎声持续作响。

远远传来建筑物倒塌的声响。是民宅，还是商店？虽不知墙外街头是何光景，但这样剧烈的摇晃持续了上百秒，老旧的木造住宅一定撑不住。

一百二十秒。

"咿咿！"

"神明啊！佛祖啊！"

至今一直保持沉默的人当中，冒出了哀号与祈求。杀人、害人、唾弃人间的罪犯求神佛保佑的模样有种说不上来的滑稽，却又骇人。

原本在架上的东西全都被震下来，散乱在地上的工具因震动而咔嗒咔嗒抖动。大半的窗玻璃都破了，寒风应该刮进了室内，但五代的皮肤大概是麻痹了，完全感觉不到冷。

一百四十秒。

墙外仍不断传来倒塌声。因为玻璃窗破了，连屋瓦掉落的声音都能听得清清楚楚。

五代的想象力绝对算不上丰富，但还是想象得到倒塌的建筑物里的居民正遭遇着什么样的情形。不是被压死，就是被闷死。反正绝对不可能平安无事。

摇晃的幅度终于变小，震动停了。伏低身子的人们战战兢兢地从作业台底下爬出来，每张脸都因周遭巨变而失色。

地上散乱着碎玻璃与工具，连站的地方都没有。因为没有立足之地，加上惊魂未定，人人都无法直着身子走路。

"停止作业，所有人都回房。"

或许是有紧急状况指导原则，作业部长毫不犹豫地下了指令。作业所的所有人整队后走向各自的牢房。

一路上大家感叹的是，那么强烈的冲击持续了那么长的时间，监狱内的墙壁和天花板却连一丝龟裂都没有。后来听一位监狱管理员说，为防止因犯因建筑物倒塌逃走而造成社会不安，监狱的建筑特别坚固。

终止作业并不代表自由时间增加。服刑人员只是在各自的牢房里等晚餐而已。

然而，就连坚固至极的监狱都是这个惨况，震度是六，还是七？那种摇法持续了将近三分钟，监狱四周的灾情如何？不只监狱所在的若林区，还有仙台市，不，宫城县现在怎么样了？

因监狱内禁止擅自发言，大家都默不作声，但大多数服刑人在墙外都有家人，不可能不担心。五代在石卷也有家人和朋友。

一旦自身安全了，便为他们的安危忧心不已。

在回房途中，几名服刑人向监狱管理员提问。

"长官，刚才的地震很不寻常。请问市内现在是什么情况？"

"我家离港口很近，能不能告诉我海啸的状况？"

每当有人发问，监狱管理员就要大家安静，但从他的话里听得出不安。监狱管理员同样担心家人的安危。

虽然已经恢复供电，但这些电来自监狱的紧急发电系统。不知现今仙台市内与其周边的电力供给情况如何。

点名后回房。距离五点的晚餐还有两个小时左右。平常五代可以对出狱后如何作奸犯科沉思默想上好几个钟头，但现在实在没办法。

脑海中浮现亲人、朋友的脸。最早而且出现时间最久的不是父亲，而是那个朋友。他工作后应该也继续住在石卷。那条河岸边的街道现在怎么样了呢？

紧急发电也有限度，无法为所有电器设备供电。耗电量大的空调似乎一直是停止的，一早便开始的寒意更重了。平常牢房里也没有冷暖气设备，但别的空间会流泻出一丝舒适的空气。但现在没有了。五代缩着身子抵挡沉沉的寒意和袭来的不安。

下午五点，五代他们应信号出房。走廊上的人们依旧惶惶不安，两个小时后，状况非但没有平静下来，反而更加混乱。

一进入餐厅，五代便被异样的气氛吞没。先到的服刑人员没有就座，而是呆站着，视线集中在同一个地方。

他们看的是餐厅一角的电视画面。

"今天，发生于东北地区的地震……"

地震灾情不限于宫城县，而是波及整个东北地区。震度六，有些地方甚至达到七。

"下午两点四十六分十八秒，震源位于宫城县牡鹿半岛东南方一百三十公里的海上，北纬三十八度零六点二分，东经一百四十二度五十一点六分，深度二十四公里，芮氏规模九点零。"

接着陆续报道各地的灾情。由于地震发生才两个小时，发布的死伤人数与失踪人数都只是初期的数字。可是已经这么多了。

主播沉郁的声音后方出现的风景似曾相识。是石卷市，从位于高台的神社俯瞰旧北上川的风景。初中时，五代自己不知俯瞰过多少次。

画面旁许多鸟儿飞来飞去。看来也像是仓皇不知该往何处逃。

"第三号海啸警报，现正发出大海啸警报，沿海民众请立刻往高处避难。"

"三点四十三分，旧北上川河口出现逆流。"

说话的是在现场转播的外派记者吗？熟悉的河岸街道落下了大片的雪，在失去灯光的街头中显得加倍灰暗。

一艘船正要出海，却被逆浪推回来，无法前进。

倒流的水转眼间就越来越多。最先被推回来的是渔船，接着是车辆、自动贩卖机、倾倒的树木、瓦砾。

很快的，房屋也流过来了。从这里开始海浪突然加速。

挤压爆破声中，电线杆断了，电线被扯断，发出刺耳的尖声。被冲走的建筑物随着水量等比例增加。本来在画面下方写着

"MARUHA NICHIRO食品"的屋顶一下子就看不见了。

"啊啊啊啊啊啊……"

紧盯着画面的一个服刑人员口中发出无力的叫声。他也是石卷人吗？

当人类遭遇感情无法处理的事时，是不是只能发出小动物受惊般的声音？五代下意识地伸手捂住嘴。也许自己也发出了类似的声音。

海啸一步步吞没街头，不只冲走民房，对警察局和政府机关的建筑也毫不留情。

画面深处开始响起一声声爆炸声。或许是电力系统起火，只见建筑物内部烧了起来。而且连燃烧的建筑物都被冲往上游，火势也波及其他建筑。

那是熟悉的区公所的建筑。五代的家应该就在那条路上，但海啸已经上升到区公所的二楼了。这就代表五代的家已完全在水下了。

他忽然间听到咔嗒咔嗒的声响，还以为又地震了，结果却是自己的上下排牙齿在打战。一回神，连膝盖也在抖。五代再也站不住，就地坐下。

"石卷市南滨区呈现毁灭状态。"

"啊啊啊啊啊啊……"

"什么烂防波堤！根本什么都挡不住！"

"完了，没救了。"

服刑人员纷纷呻吟，但监狱管理员已不再加以制止。他们也和囚犯一样，茫然地看着整个市街被冲走。

石卷市被席卷而来的瓦砾堆覆盖。

一点都不真实。

五代从没想过自己从小生长的街头竟会如此轻易遭到破坏。这一定是一个恶劣的玩笑。自己的家就在那阵逆流当中。烂醉的父亲要是躲避不及，也会被冲走。

蓦地，情感的旋涡在心头翻腾。

那绝不是个令人喜爱的父亲。

也绝不是个好父亲。

但仍是他唯一的父亲。

被油然而生的情感吞没的不止五代一人。好几个服刑人当场蹲了下来。

有些人把自己的餐点放在餐桌上，但动筷子的人数得出来。看不过去的监狱管理员出声了："晚餐时间只有十五分钟，快吃。"

到这里，语气还是和平常一样，但接下去的话就不同了。

"……有人想吃还没得吃。"

哀伤的话让好几名服刑人员低下头。监狱里储备了食材，即使外来的供给中断，短时间内服刑人员也不会挨饿，但墙外不同。

新闻报道电力尚未恢复。既然石卷市是那般惨状，其他地方的情况也可想而知。就连五代也猜想得到灾区一定有很多避难的灾民。停水停电，物流也中断，在这寒空下，各地居民一定在抱着自己的肩头瑟瑟发抖。

在一种极限状态中，五代差点儿大笑。作恶受罚的自己三餐无虞，无辜的人们却在避难所挨饿受冻。不仅如此，罪犯们因为被关在坚固的监狱里而毫发无伤，无罪的人们却连人带房子被冲走。还有比这更讽刺的事吗？！

"五代先生。"

一回神，利根正在摇晃自己的肩头。

"你怎么了？怎么突然笑起来。清醒点！"

原来自己不是差点儿大笑，而是真的笑出声了啊。

"哦，抱歉。实在太不应该了。"

他没有说自己的故乡就是石卷市。否则以利根的个性，一定会多想、担心。

那个人的面孔又在心头浮现。

鹄沼家比五代家更靠海。就刚才的新闻来看，五代不相信他家会没事。鹄沼是否顺利逃过了海啸？

晚餐后到晚间九点是自由时间，但大多数的人都不肯从电视前离开。结束了徒具形式的晚餐后，五代找上负责的监狱管理员问："我们可以确认外面的人的安危吗？"

被问到的管理员很为难。

"家人吗？"

"家人和朋友。"

"现在还什么都不知道。"

管理员苦涩地挤出话。

"目前连灾情都还不清楚，连要确认生存者都是以后的事。刚才的新闻你也看到了吧？"

看他面露悲怆之色，五代就明白了。这位管理员也在担心自己的家人。

所有恐惧的元凶都是无知或信息太少。在信息错综的现在，凡是有家人的人想必都战战兢兢，无一例外。

"长官的家人呢？"

"别问了。"

他低声制止了发问。

"职员中有几家人到监狱的另一栋楼里避难。"

"原来监狱可以收容那些人啊。"

五代这么说是有意讽刺职员不同于服刑人员，享有优待，但接下来管理员的话让他沉默了。

"只有职员当中的几家人而已。这话的意思你明白了吧？"

监狱职员也是有阶级之分的。即使没有，优先级也会因灾情而改变。

"你问了不该问的，我也答了不该答的，都忘了吧。"

说完他便转身离去。监狱里，只有看守者与服刑人之分，但从今天起，似乎也产生了另一种区别。

家人遇难的与家人没有遇难的。

回房后，五代裹着毛毯躺下来。距离熄灯时间九点还有一段时间，但醒着也不能如何。

然而，躺下之后在脑海中打转的净是些负面的想象，迟迟无法入睡。

他担心醉鬼父亲的安危，但更挂念鸠沼的消息。大学毕业后，曾听他本人说他在当地的会计师事务所上班，却没问起他住在石卷市的哪个地方。

拜托。

一定要平安。

东北特有的三月寒气在今晚特别厉害。刺人的空气，此刻仿佛将心都要刺穿了。

次日起，灾情逐渐明朗，但越了解详情，服刑人员的绝望就越深。"东北关东大震灾""三一一大震灾""东北外海大地震""东北关东大地震"等，媒体称呼各异，但不知不觉统一为"东日本大震灾"。然而，名称虽统一了，但随着时间过去，灾情只会越来越严重，没有任何人能够掌握全貌。唯有神明知道吧。

二〇一三年五月十四日，五代服完刑期，自宫城监狱出狱。

他去的第一个地方是石卷市公所。一到市公所，便向窗口申请调阅避难者名单。

名单中没有父亲的名字，也没有鹄沼的名字。接着他查了南滨地区已确认的罹难者名单。

父亲的名字在上面。五代艰难地继续找那个名字。但那里并没有鹄沼的名字。

离开市公所后，五代走向曾经是自己家的那个地方。但等着他的，是绝望与虚空。河岸边曾经的市区，从岸边起数米的地方都成了空地。空地还算好的，至今瓦砾仍未清除的土地也不少。

五代家空有地基。大概是前天下过雨吧，地基中间带泥的积水遮住了地面。海啸肆虐后两年，曾经勉强留在这块地上的东西，肯定也被风雪和建筑机械清空了。

接着他去了鹄沼家。

那里也只剩下地基。即使想打听他们一家的消息也很难，旁边也都是一大片空地。五代找了一个正在清除瓦砾的人问，他说他是别县派来的，对原来的居民一无所知，他对这里发生的事表示了深深的同情。

结果，完全查不到任何关于鹄沼的消息。

遭追缉者 与 未遭追缉者

1

由于真希龙弥命案与政府机关硬盘转卖案有所关联，追踪鸫沼骏的事正式由一课与三课联合侦办。然而，他们全然掌握不到鸫沼和五代的消息。一课的调查员中有人怀疑三课没有把情报全部拿出来，笘筱认为这是疑心病太重使然。

"你的客户鸫沼骏和五代良则双双消失了。"

告知沟井两人失踪后，他一脸不感兴趣的样子，但笘筱将他双手往大腿擦汗的动作看在眼里。

"你对他们两人的藏匿之处有没有线索？"

"我怎么可能知道？我和他们只有生意上的往来，彼此的私生活互不相关。"

"硬盘与费用是采用什么方式交付的？"

"我把硬盘寄到他们的事务所，东西送到的同时就会汇钱进来。就算是客户，我们也尽可能不碰面。"

"一开始就是采取这样的模式吗？"

"对，是鸫沼先生提议的。想想硬盘算是一种黑盒子，即使包装被人拆开，也不会遭到怀疑。商品名称也明记着'计算机硬盘'。付钱的人也不愿意卖货的一天到晚跑到事务所来吧？"

所以沟井将鸫沼的提议直接用在其他客户身上了。

"你和鸫沼跟五代是怎么认识的？"

"当然是努力跑业务的成果呀。"

沟井骄傲地说。明知转卖硬盘是违法的，仍抬头挺胸，看来他对是非善恶的判断果然是扭曲了。

这种人笃筱见多了。为了正当化自己的犯罪，万般呵护自以为是的自尊。

"最早是网络拍卖。刑警先生，你拍卖过吗？"

"没有。"

"拍卖当中卖家和买家都是用昵称，成交时才会知道彼此的信息。鸫沼先生和五代先生也是这样知道我的手机号码的。他们两个动作都很快。鸫沼先生是来问有没有公家机关的硬盘，五代先生是问金融机构的。"

既然如此，认为有商机而采取行动的是鸫沼和五代，沟井根本没道理夸耀自己努力跑业务。

"你记得他们两人是什么时候和你接触的吗？"

"最先是鸫沼先生。五代先生是在那半年之后认识的。"

笃筱和小宫山交换了下眼神。

他们已查出五代与鸫沼是高中同学，也已通过住民票查出当时两人都住在南滨地区的事实。

因沟井也是石卷人，小宫山甚至怀疑他们会不会高中就认识，可惜没有这么多巧合。沟井来自牡鹿地区，学校和年龄都与鸫沼他们不符。至少从官方记录上看不出交点。

"我换个问题，鸫沼和五代是通过工作联络的吗？"

被这样一问，沟井讶异地眯起眼睛。

"我没有听过这种说法。他们一个是NPO法人的代表，另一个是卖名单的，行业也完全不同。不过，我从来也没想过要问他们是跟谁合作。"

"你不好奇吗？"

"我没那么笨。想要公家机关或金融机构资料的人，不可能多正派。随便问出他们的秘密不会有好事，这一点常识我还有。"

"先不说卖名单的五代，人家鸫沼是NPO法人的代表啊。"

"震灾以来，和复兴有关的NPO法人有如雨后春笋一样冒出来，可是又不见得全都是正派的团体。那个'大雪川网'是吧？那种类似诈骗的也只是冰山一角。我还没有那么无知，不会看到NPO法人代表的头衔就被晃花了眼。"

侦讯完沟井后，笘筱找来"灾民互助会"的铃波宽子。现在鸫沼失踪，当然要向最后与他接触的人搜集情报。

"之前我也说过了，我的工作就是柜台和管理收据而已。不要说代表个人的事，我连他的工作内容都不太清楚。"

"你不知道也没什么好丢脸的。为了不让人察觉'灾民互助会'的真面目，鹄沼应该是把让职员知道的事压到了最少。"

"'灾民互助会'的真面目是什么？"

调查员已开始根据扣押来的名册向各会员问话。该会表面上确实以支援灾民为目的，也曾在市民中心和公民馆等地举办灾民交流会。

然而，这些集会顶多半年一次，相较于会员人数实在太少。令人不得不认为其办非营利活动仅仅是为了让事业报告的记载栏里有东西可填。

"在说之前，请先看看这个。"

笘篠在宽子面前放了三张照片。一张是五代的大头照，其他两张是无关的人。

"这当中有人来找过鹄沼吗？"

宽子一一注视这三张照片。加入两张无关的照片，是为了不让回答者有先入为主的想法，但笘篠当然希望她对五代的照片有反应。

然而期待落空，宽子对这三张照片都没有特别的反应。

"不好意思，这些人我都没有印象。"

笘篠再度与小宫山交换眼神。好不容易找到鹄沼和五代的交点，两人的关联却依旧不明。

"我不知道代表躲起来的理由，但他到底做了什么坏事？我一直跟他一起在事务所办公，他为人很文静认真，实在不像会涉及犯罪的样子。"

"这世上有些罪行就是文静认真的人会做的。例如，其中之一就是买卖他人户籍。"

"代表买卖别人的户籍？"

"我只是举例。"

"可是，如果只是借用他人的名字，也不是多严重的事吧？"

"买卖户籍并不是只是借用名字的犯罪。在采用户籍制度的日本，户籍是所有人民服务的基础，是身份的证明。"

由于牵涉奈津美户籍被盗用一事，笃筱的话不禁带着情感。

"换句话说，买卖户籍等于是买卖他人的人生。同时，被抢走户籍的人则等于从社会上被抹杀。"

宽子默然不语，视线落在桌上。

警方也从"灾民互助会"本部扣押了访客记录。一如笃筱所料，里面有鬼河内珠美和真希龙弥的名字。

到了下午，莲田带来了新的相关人士。一问之下，说是鹄沼和五代的同学。

"我叫岸部智雄。哦，这就是侦讯室啊？"

被带进来的岸部，进来就以虚张声势来掩饰自己的胆怯。

"听说你是鹄沼和五代的同学？"

"我没有跟他们同班，不过我跟五代常混在一起。"

笘筱知道高中时代的五代是不良少年。这么说，和他混在一起的岸部一定也是。

"鹄沼是什么样的学生？"

"嗯……他三年都在当班长，所以我对他的印象只是老实得要命的乖乖仔。他完全不会打架。"

"鹄沼和五代同班是吧？他们很要好吗？"

"也不算很要好，就是五代的肥羊啦。"

岸部别具优越感地笑了。

"有一次被抓来进贡，被痛打一顿。"

听岸部的说法，不难想象他也加入了恐吓的行列。笘筱为人并没有老成并宽容到可以把恐吓、霸凌以年轻不懂事带过，对岸部的心证顿时下滑。

"不过，后来五代就常跟鹄沼在一起，反而跟我们疏远了。"

恐吓的加害者与被害者之间会萌生友情？笘筱听说过劫持犯和人质在危机过后建立感情的斯德哥尔摩症候群，但那应该是只有在极限状况的特殊条件之下才成立的案例。

"高中毕业后，他们还继续来往吗？"

"啊，我在本地就职了，他们两个都升了学，所以就完全没联络了。说到这儿，毕业以后开了几次同学会，可是他们从来没出席过。鹄沼我不知道，五代好像是忙着在监狱进进出出。"

"那么你知道五代的前科了？"

"我们本地同学的联络网一直到现在还是很管用的。有谁被捕啦、上新闻啦、离婚啦，都会以光速传开。五代考上会计师本来好好的，可是后来就开启诈骗人生了。学生时代再怎么威风，长大以后那个样子，loser是当定了。"

笪筱真想问他"那你觉得你赢过他了吗"，敢这么瞧不起过去的同伴，现在一定是了不起的大人物吧？

笪筱认为人生无所谓赢家或loser。每个人心中自有一把衡量幸福的尺。光看生活的表面就批评别人的人生未免太过傲慢。

退一百步来说，如果人生的价值有基准，难道不应该是看那个人是否认真过完这一生吗？

"对了，刑警先生，你们问我他们两个以前的事，是不是和富泽公园的命案有关啊？"

协助调查的问讯最起码要告知与哪个案件相关，但对岸部这个人，就连告诉他简单的消息，笪筱都觉得让他知道的太多，带他来的莲田也一脸不悦。

"完全只是关系人，还不到可以称为嫌犯的阶段。"

"可是刑警先生，他从学生时代就很习惯行使暴力。"

"你不是说他老实得要命吗？"

话说出口才感到不妙。

"咦！"

岸部傻了似的半张着嘴。

"难道，嫌犯是鹄沼，不是五代？"

笘筱只好重复同样的话："他们两个都只是关系人，还不到可以称为嫌犯的阶段。"

"我跟你说，刑警先生。"

不知为何，岸部的语气变得像是要说服笘筱。

"杀人的嫌犯如果是五代的话，我可以理解。他从以前就是个深不可测的人。听说他因为诈骗被捕的时候，我反而还很意外。因为我一直以为他要是被抓，一定不是伤人，就是杀人。"

好一个以前的同伴。要是五代在场，真不知他会有什么表情。

"可是嫌犯是鹄沼，再怎么想都很奇怪。那种人怎么可能干得出杀人这种大事，一定是搞错了。"

笘筱感到自己的推论产生了一丝动摇。

他并不是相信岸部的评价，但考虑到铃波宽子的证词，无论是现在还是学生时代，人们对鹄沼的印象都没有什么改变——文静、认真，一个与犯罪扯不上关系的人。

"这世上有些罪行就是文静认真的人会做的。例如，其中之一就是买卖他人户籍。"

笘筱曾这样告诉宽子。这就等于笘筱本身也认定就算鹄沼真的犯罪，顶多也就是买卖户籍。

真希真的是鹄沼杀害的吗？

难道，凶手是惯于行使暴力的五代？

问讯毕，笘筱才刚回到办公室，这次换鉴识的两角来了。

"真难得，两角先生竟然会主动来找我。"

"分析之后出现很有意思的结果。"

两角毫无笑意地说。

"你想不想在搜查会议之前知道？"

"当然想。"

两角取出几张纸。都是鉴识报告的一部分，附有物证的照片。

"搜索'灾民互助会'时，里面的房间是嫌犯专用的吧？"

"对。"

"置物柜里有几件替换的衣服。不管那个会是不是挂羊头卖狗肉，他好歹都是NPO法人的代表，所以才在那里放了几件可以替换的西装外套吧？"

"我也这么想。"

"置物柜里的衣物我们全部分析过了。结果呢，其中一件验出了非常有意思的东西。你看第二张。"

笘筱照着两角所指的看了第二张纸，上面有微量颗粒物的照片。

"这是土壤，从西装肩部采到的。"

"这黑土看起来并没有什么特殊之处。难不成是非常罕见的土壤？"

"不是，是仙台市内乃至于全县都有的火山灰土。"

"那不就没有意义了吗？"

"但是分析之后发现，是营养丰富的土。你看旁边的分析表。"

"'以氨基酸为主要成分，添加氮、磷酸、钙……'，两角先生，你说的营养是指肥料吗？"

"答对了。这土壤里面有观叶植物用的液态肥料。就那个啊，你在大型五金杂货行看过吧？开封后连容器整个倒插进土里的那种，就是那个。那你记得吗？凶手在行凶后，拆花坛的砖块敲烂死者的上下颚。"

"难道？"

"没错。我们分析了花坛的土壤，果然验出相同成分配方的液态肥料。也就是说，用来行凶的砖块上的土和附着在西装上的土，是一样的。"

就算含有相同的成分，这两边的土也不一定来自同一个地方。

然而，这是很有力的间接证据。以花坛拆下的砖块敲碎真希上下颚时，剥离的土附着在凶手所穿的西装肩头。如果曾高举砖块，是非常有可能的。而那件西装是鸨沼的。

"可以当成一种硝烟反应吗？"

"目前完成分析的只有肥料成分，如果再进一步分析，还可以比对土壤中的微生物，会比硝烟反应更加准确。"

"麻烦了。"

笘筱深深行礼，两角心领神会地走开了。两角之所以在搜查会议上发表之前先来告知鉴识结果，肯定是出于对一个老婆户籍被盗的丈夫的关怀。

在感激两角厚意的同时，笘筱也感到疑惑。科学办案显示鹄沼才是凶手。但认识他的人则说鹄沼不可能杀人。当然，在法庭上鉴识结果会为检方说话。然而笘筱深知科学办案并非全能，有时也可能因伪阳性而造成冤罪。

过去的同学的证词与两角带来的鉴识结果是相反的，然而，有一个假设能够整合这两种相反的提示。

鹄沼骏的人生可能在某处发生了重大转变。

2

听完两角的话，笘筱立刻便带着莲田前往石卷市的南滨地区。

"可是笘筱先生，我们都知道五代上大学以后就离开石卷，鹄沼也在震灾以后搬走了啊。"

"所以才要去。"

交由莲田开车的笘筿望着前方回答。

"岸部证词中的鹄沼与罪犯形态并不一致。"

"我也这么觉得。"

"当然，人都是会变的。但你不认为改变必须有相应的理由或原因吗？"

"震灾吗？"

"有很多人因为震灾和海啸失去了家、家人和社群。失去了重要的东西，有些人没变，有些人变了。"

笘筿边说边觉得心头一痛。自己也是失去家人的其中一人。他不认为自己因此而改变了，但他却怀疑自己对家人是否太冷酷，因而自责。

"鹄沼也因为震灾失去了父母。这很有可能是他改变的原因。"

"的确有可能。"莲田说。

"现在只能祈祷鹄沼家的邻居有人还在。"

五代和鹄沼从前所住的南滨地区是位于旧北上川河口右岸平地的市区，南滨町、门胁町以及云雀野町因海啸席卷与火灾延烧，多达四百多位居民丧生。这占石卷市整体罹难者约百分之十一，表示这一区在石卷市当中灾情特别严重。河岸的民宅与工厂大多被冲走，只剩瓦砾。由于死者、失踪者众多，邻近鸮沼家的居民现在有多少人生还令人极为忧心。虽然可以事先到市公所查明邻近居民的生死再前去访查，但此刻五代、鸮沼两人在逃，实在没有那种工夫。

两人乘坐的便衣警车很快便抵达当地。下车后笘筱环视周遭，不禁叹气。

已经叹过多少次这样的气了呢？

震灾当时，这一带成了车辆、船只、房屋残骸堆成的瓦砾山。那情景被报道过无数次，至今仍烙在眼底。然而此刻，在笘筱眼前的是一整片空地，只见写着"开出勇气的花"的招牌与在钢筋外露的大楼中开店的移动店铺。至于建筑物，也就只有远处崭新的公家建筑、同样崭新的马路和电线杆以及红绿灯吧。看不见称得上民宅的建筑，这可能也和地震与海啸导致地面下陷，使部分地方湿地化有关。大概是活动的残骸，忘了撤走的立旗就那样倒在地上，四周人影稀疏。

即使水电恢复，铺了新的道路，关键的人没有回来，那么市区重生就没有希望。即使土地重整有所进展，上面没有建筑，这里就只是一块空地。

"笘筱，这个。"

莲田有所顾虑地递过来的，是南滨地区震灾前的住宅地图，上面以红色圈圈清楚标示出鸮沼家。但越是对照现况，便越是心寒。地图上密集的住宅如今已消失得无影无踪。笃筱所住的气仙沼也是这样，失去的太多，令人再次因虚无与绝望而战栗。地图上存在的一切全都消失了，简直像是神或恶魔的作为，然而这却是东日本大震灾的手笔。

此刻笃筱正站在鹄沼家曾经的所在之处。只是四周全都是空地，根本不可能进行访查。

正不知所措时，他们看到一家移动店铺。那是餐车形式的移动店铺，竖着"石卷炒面"的立旗。笃筱赶往餐车，莲田跟在身后。

"欢迎光临。"

露面的是一个年约六十多岁的女性。她身穿围裙，所以应是由她掌厨。

"请问，您是从哪里来的？"

"你是谁呀？没头没脑地问这个。"

"我是警察。"

笃筱还没自我介绍，她便露出敌意。

"我告诉你，我这个可是有营业许可的。就算没有，我也在这里炒面炒了二十年了。"

看来她就是老板，那就是绝佳的访查对象。

"不是的，我不是来查营业许可的，是想打听一下邻居的事。"

"邻居？"

"当然是震灾以前的。您一直都在这里开店吧？"

"对啊。以前这条路上都卖吃的，现在整个都被海啸卷走了。"

爽朗的老板娘的话中带上了一丝阴影。

"结果，肯回来开店的，包括我们在内只有几家。"

"有客人吗？"

"有一些刚好开车经过的客人和老客人。生意是不可能像以前那么好的，可是没店家就不会有客人。"

笃筱完全赞成有人群才有复兴的理念，但此时职业意识优先。笃筱给老板娘看那张过去的住宅地图。

"标了红圈的人家姓鹄沼，您知道吗？"

"鹄沼家呀。"

老板娘指着住宅地图上的一点。

"这个'市村炒面'就是我们店。看就知道，和鹄沼家有点距离。他们是来吃过几次，可是到了儿子上高中的时候就没再来了。我记得是一家三口，爸妈带一个儿子吗？"

"儿子名叫骏。"

"啊，对对对！鹄沼骏。一个好老实、好正经的孩子。那样的孩子连吃炒面的方式都跟别人不一样，他吃完会把免洗筷放回纸套里收好呢。"

"震灾当时他好像不住在家里？"

"年轻人有一半以上都出去了啊。所以如果不是店里的常客，我不会知道近况，更何况是海啸以后。"

老板娘指着地图上街道的手指在鹄沼家旁边停下来。

"啊，对对对，鹄沼家隔壁是古贺先生家。"

"古贺先生是您店里的常客吗？"

"他以前是民生委员，他说他和鹄沼家一家子都认识。"

"您知道古贺先生现在在哪里吗？"

"复兴公营住宅，离这里不算远。"

老板娘指的方向，有一处集合住宅。

二〇一二年起，石卷市便在市区和半岛沿岸盖了很多复兴住宅，作为复兴事业的一环。古贺所住的是建于门脇町的两栋六层楼集合住宅，二〇一六年才完工，整个社区和建筑都很新。也附设了临时避难所，尽可能消除居民的不安。那里应该也被指定为海啸避难大楼了。

古贺住在一楼边间。他年纪少说也有八十岁了，头侧剩余的头发纯白，刻画在脸上的皱纹深得好像能夹纸。即使如此，回应笘篠他们的样子仍是精神矍铄，令人感觉不出年龄。

"你们特地从仙台来的啊。不好意思，没什么能招待的。"

古贺见到两人，虽是陌生人，也因为有说话的对象而显得高兴万分。

"我那时候毕竟是民生委员啊，每次有小朋友调皮啦、町里起了争执啦，都会叫我去。别说附近邻居，跟警察啊、町内会长也几乎每天见面。"

"可是，住进这个复兴住宅的也是和您同町的人呀？"

"这种集合住宅不行啦。"

古贺猛摇头。

"房子平平地并排在一起，会有连带感，也容易到彼此家里拜访。可是，像这种直直地排在一起的房子，会让人觉得很孤立。就算住同一层楼，铁门好像也叫人不要来似的，我不喜欢。"

也许有人会对老人的固执不以为然，但古贺的说法有他的道理。集合住宅的居民之间关系淡漠，这是日夜访查的筈筱他们周知的事实。震灾以前存在的社区意识在复兴住宅无法顺利运作的例子也时有所闻。

"你们要问鹄沼家的骏是不是？我就住隔壁啊，我们很熟。"

"听说他很认真。"

"他父亲是技术很好的配管工，母亲在成衣量贩店上班。夫妻俩都很卖力工作，这样骏就常一个人在家，自然就会找我说话，就像把我当祖父吧。他确实很认真，别人推给他的工作他都毫无怨言地做好。但是，他信念很坚定，不行的就不行，连一寸都不让。他的认真和顽固像他爸爸。"

"他高中毕业就离家了？"

"是啊，去上大学，后来在市内的会计师事务所上班。明明上的是烂高中，亏他能找到那么好的工作。我虽然只是个不相干的邻居，也很替他骄傲。我本来以为他工作后就不会常回家，但他还是每个月都会回来。因为他妈妈怕寂寞啊，他不但认真，还很孝顺呢。"

"最近见过他吗？"

"没有。海啸以后就没见过了。毕竟，父母亲和家一起被冲走了。没有家人也没有家，当然也没有回来的理由。"

"交友方面呢？"

"刑警先生。"

古贺陡然一脸狐疑。

"你们到底想打听骏的什么？"

老归老，古贺的眼神还是很锐利的。搪塞敷衍只怕会被看穿。

"就像我刚才说的，我就像骏的祖父。就算你们求我，我也是不会说半句对他不利的话的。"

"鹄沼骏先生是某个案子的关系人。然而现在，他行踪不明。"

"行踪不明？"

"您知道他的近况吗？他成立了一个叫作'灾民互助会'的NPO法人，担任代表。几天前就没有再回宫城野区安养寺的本部了，也没有回他住的公寓。"

一听说鹄沼行踪不明，古贺似乎顿时感到不安。瞪视笃筱和莲田的眼光也多了阴影。

"一个纯粹是关系人的人突然毫无理由地躲起来，本来不想怀疑的也会想怀疑了。"

"你的意思是我知道骏躲在哪里？"

"我们没有这么想。只是抱着姑且一试的心情，来请问很熟悉他的您是不是知道些什么，也许可以作为线索。"

古贺沉思般在胸前盘起双臂，但不久便一脸凝重地面向他们。

"我是知道两三个骏可能会去的地方。可是，那些全都在他老家附近。你们来的路上应该都看到了，那些地方连过去的影子都没有了。不要说房子，连一根电线杆都没留下。骏可能会去的地方，现在都没了。"

"建筑物被冲走了，记忆还在。"

笘筱不死心。

"就算建筑物消失得无影无踪，如果还有当地的回忆，会回去也不足为奇。"

"照你这个道理，骏就更不可能会去了。"

"为什么？"

"骏对南滨地区也许有很多回忆，但就我所知，他最后一次回来这里是联合葬礼那天。你觉得那一天，全东北有人内心是平静的吗？"

笘筱无言以对。

笘筱也失去了家人。如果古贺是料到这一点以此进攻，那么可说是相当老奸巨猾，但这位老人只怕没有挑衅的意图。他只是向同样遭遇了笔舌无法形容的灾难的人征求同意罢了。

　　即使如此，笘筱还是必须问下去。

　　"鹄沼骏先生不愿造访此地的原因，是在海啸中失去父母的事实胜过了其他记忆，您的意思是这样吧？但是古贺先生，您并不知道他所有的记忆啊。"

　　"他失去的不只是家和家人。"

　　古贺说完之后，露出糟了的神情。

　　"您一定知道什么内幕。"

　　"也不是什么稀奇的。刑警先生，震灾当时，你在哪里？做些什么？"

　　当时笘筱在气仙沼署保护并疏散灾民。信息杂乱，也无从确认自己家人的安危。然而，没有详细说明这些的必要。

　　"我正在值勤。"

　　"警察在值勤，那么一定也会接触灾民吧？与他们接触，心情还能像平常一样平静吗？一点也没有激起个人的感伤吗？"

　　"……不能。"

　　"就连在工作上要面对灾民的你们都这样了。不过是一介市民的我和骏，遇上灾民，心里有多震撼，多不知所措，应该很容易想象吧？"

"古贺先生。"

笘筱正面注视古贺。

"我们在追查的不只是鹄沼骏先生，还有另一个有前科的人也同时躲起来了。"

"那个有前科的人和骏有什么关系吗？"

"他是鹄沼骏先生的高中同学。"

古贺自己都说是烂高中的那个高中的同学。大概是判断鹄沼已被逼得走投无路，他的视线游移了。这么做虽然好像在利用古贺的良心，让笘筱心生排斥，但现在将鹄沼拘捕到案是第一优先。

"古贺先生。"

不知在第几度动摇的时候，古贺的态度终于软化了。

"不知道我说的这些能不能帮上忙？"

"如何判断是我们的工作。"

"这对灾民来说也不算特别稀奇。"

"我也曾经好几次在毫不起眼的事当中找到线索。"

古贺定定地看着笘筱，终于以疲惫的语气说起过去。

二〇一一年三月十一日，石卷市南滨地区。

眼前，是令人难以置信的情景。

阴天，雪花纷飞之中，一度退潮而露出底部的水越过防波堤逆流而来。不知是不是光线的关系，海水看起来是漆黑的。

先是自动贩卖机、轿车和卡车被海水推挤，接着流木冲撞房屋。水位转眼增高，别说木造住宅，就连坚固的加工厂也不敌水压，最后被推走。

更厉害的是，连船只都越过防波堤而来。冲进建筑物之间的船，船头贯穿了民宅二楼的窗户。面对这连想象都未曾想象过的光景，古贺甚至无法将视线移开。

古贺在神社的石阶上，茫然俯瞰熟悉的街头被黑水吞没。发布第二次海啸警报的时候，他便与邻居一同出发，前往位于高台的神社，当旧北上川河口的水逆流时，他们已置身于安全地带。虽然叫了隔壁的鹄沼夫妇，但他们说有东西一定得带走，没跟出来。现在他唯一挂念的就是他们。

下午三点四十三分，河口的水开始逆流，低楼层住宅林立的那一带完全抵挡不住。包括古贺家在内，转眼间便被浊流吞噬。

那时，他听到鹄沼家传出哀号。

怒涛与爆破声震耳欲聋，神奇的是人的声音却从中清楚地传出来。那是鹄沼太太的声音没错。

不会吧？

难道他们两人都来不及逃吗？

然而，她的叫声也没有持续多久。随着屋顶沉入水面下，叫声消失了。

眼前的一切令人不敢相信是人间，古贺当场无力软倒。不只鸨沼夫妇，还有很多人没有来到高台。他们也像海中浮藻般消失了吗？

浊流不顾古贺的绝望与恐惧，继续改变街头的样貌。以河流为中心开发的南滨地区，如今几乎已全被淹没在海中。或许是漏油起火，对岸的工厂升起火苗。

一想象海面下有几十个、几百个居民正在挣扎，古贺的身体便不由自主地开始发抖。不是因为户外的空气冷，而是大自然的无情与人命的脆弱让身体深处都冻僵了。

自己无能为力。既无法救他们，也无法缓和心中的痛苦，只能就这么虚脱着，眼睁睁地看着街道惨遭蹂躏。

这时候，头上一个声音说："古贺伯伯。"

抬头一看，见到鸨沼的脸。

"骏，你怎么会在这里？"

"摇得那么厉害，我担心家里就回来了。"

古贺还以为认错人了。他所认识的鸨沼总是冷静又自信，一脸要以努力颠覆绝大多数不可能的神气。那肯定是来自出身于烂高中仍走出自己的路的自豪与自信。

然而此刻，站在古贺身旁的男子却害怕得像个迷路的孩子，怯怯地不知如何是好，一副看到古贺才放心下来的样子。

古贺视线一转，发现鸨沼右脚扭得很奇怪，脚踝满是泥和血。

"你的脚？"

"半路上被掉下来的瓦砾弄到，好像扭伤了。我不要紧，我爸妈呢？他们也一起来避难了吧？"

只见他以恳求般的眼神这样问。古贺受不了他眼中的那种近乎拼命克制的视线。

"抱歉啊。"

自己都觉得自己的声音好没用。

"我叫了他们，可是他们没能一起来。"

"那……"

鹄沼反射地将视线朝向滚滚而来的浊流。自己的家所在之处已经在水面下了。

"怎么会……"

鹄沼像断了线的傀儡，双膝直直落下。

"怎么会……"

半张着嘴，茫然失神。这不是凭个人的努力就能翻盘的事实。当人类的无能为力如此赤裸地摆在眼前，便能令人感到全身虚脱。

两人望着水面，不久朝内陆流动的流木和房屋有一部分转向了。

再次退潮。然而，这次因为水量大，退潮的方式也非比寻常。

两人的脚底下响起地鸣般的低吼。古贺一惊，站起来，鹄沼也单手撑地爬起来。

　　海啸逼近时让人以为是世界末日来临，但退潮之惨烈也不遑多让。被冲至内陆深处的房屋与车辆，以及大量的瓦砾，同时奔腾回海。勉强抵挡过头一次激流的，承受不住第二次的冲击。本来没事的建筑也被卷入海流。

　　古贺的耳朵又捕捉到新的叫声。某处响起又尖又高的声音求救。

　　"伯伯，那边！"

　　鹄沼指的同时，古贺也注意到了。一个小小的人影混在十几米外的上游冲刷而来的瓦砾中载浮载沉，从红色的小学生书包可知是个小女孩。

　　古贺心头一凛。再过去是门胁小学，当然会有小学生被海啸卷走。

　　从古贺所在之处无法看出女孩是生是死，但无论生死都不能不救。

　　然而，惊人的是，身体不会动，双脚定住了，连一步都踏不出去。

　　"来得及！"

　　鹄沼说出惊人之语。难道他准备跳进那激流之中？

　　然而，准备走向岸边的鹄沼才迈出第一步就失去平衡。

"骏！"

古贺赶紧扶起在石阶上跌倒的鸫沼。鸫沼骂了句不像他会说的脏话，扶着古贺的肩站起来。

女孩朝两人正面被冲过来。距离岸上约十米，绝不是到不了的距离。

如果不是在这种状况之下的话。

激流中的钢筋水泥的建筑和船只宛如木片，再厉害的游泳高手都无法在这样的激流中前进。

即使如此，鸫沼还是不愿意放弃。

"伯伯，带我到岸边。"

"不行。"

古贺当下峻拒。

"你办不到的。"

"要我对那孩子见死不救我更办不到。"

鸫沼放开古贺的肩，下了石阶。古贺有预感，要是不阻止，他绝对会跳进激流。

"别去！骏！"

鸫沼拖着右脚，总算来到岸边。说是岸边，已被水流冲刷得变成脆弱的崖岸，随时可能会崩塌。

"别去，连你也会被冲走的！"

古贺全力喝止，但鸫沼充耳不闻。正当他屈膝准备跳进去的那一瞬间，脚底地面突然塌陷，鹄沼的身体就要从崖岸滑落。

"骏！"

千钧一发之际，古贺伸出的手抓住了鹄沼的手臂。古贺也侧倒了，但一心只想着绝不能放开抓住鹄沼的手。

鹄沼立刻努力凭自己的力量往上爬。但或许是无法灵活使唤右脚，他借助古贺的力量才好不容易将上半身抬到岸上。

"好冰。"

"什么好冰？"

"水，水像冰一样冷。"

全身上岸后一看，鹄沼膝盖以下都湿了。

"一入水，就失去了感觉。"

正当鹄沼说出这句话时，女孩就在他们面前被冲向大海。

不，不只是她。

接下来，在两人无计可施的旁观中，不知有多少具躯体在水面时隐时现地被冲走。那情景实在太过残酷，古贺甚至不敢去数。三月的海水只消泡上几秒，就会让人失去感觉，再加上这雪。一旦被海水捉住，还没有溺死，就会先被冻死。

"我什么忙都帮不上。"

鹄沼的声音因绝望与无力而沙哑。

"那么多人在我眼前死去，我却连靠近都无法靠近。"

说声"你不要自责"很容易，然而古贺的嘴唇却被冻结了。

他无法否认当下的绝望与无力。此时此刻，只能为人类存在的渺小而颤抖。

鸫沼双肩下垂，望着海。

眼神是前所未见的空虚。

海水全退后，剩下的便是街道的残骸。便利商店的停车场车辆高高堆起，大楼破碎的玻璃窗里不断吐出海水，房屋被压扁，大量的流木与瓦砾使道路无法通行，高及膝盖的积水与泥沙，泡在泥泞中的生活用品、棉被、衣物、脚踏车、照片、玩具、书包。

以及尸体。

死没有幸或不幸，但鸫沼夫妇的尸体没多久就被发现了。两人的尸体被发现于河口附近堆积的瓦砾之中。颜面均严重损伤，但鸫沼从身体特征与衣着上确认了身份。

两人的遗体与其他人一起被送到紧邻避难所的安置所。昏暗的安置所里，从里到外，一排排并列着简陋的棺木。

寻找与识别遗体都忙不过来了，因此没有凭吊死者的余裕，也没有供花，只在各棺木上放一瓶瓶装水作为最起码的形式。

阵阵寒气也钻进了安置所，但尸体还是开始腐败，腐烂的气味毫不客气地直钻活人的鼻腔。

鸫沼伫立在双亲的棺木前。古贺来到安置所时他便是那个姿势，只怕已经在那里站很久了。

古贺将路边找到的酢浆草放在棺上，双手合十。明明是常来常往的邻居，自己却只能供上野花，实在可悲。

鸫沼的视线仍是落在棺木上，没有丝毫移动，宛如幽灵般的模样，让人不敢出声叫他。

"骏，你还好吗？"

鸫沼这才如梦初醒般转向这边。

"古贺伯伯，你特地找花来的吗？"

"抱歉啊，一时之间只能找到这个。"

那声"谢谢"里也听不出情绪。会不会是对漂过眼前的尸体都无法伸手拉一把的那时候开始，鸫沼的精神就受损了？古贺模模糊糊地想着，但立刻加以否定。

"古贺伯伯。"

"嗯。"

"原来人这么脆弱啊。我好惊讶。"

俯视着父母的棺木，鸫沼只动了动嘴唇。

"他们并没有随身带着证件，只是刚好我回来可以认尸，才确认了他们的身份而已。要是我不在，他们就会被当作无名尸了。原来人类是这么不明确的存在啊。"

"还以为你要说什么呢。骏，这样的想法是不健康的。"

"嗯，不健康。"

然后，鸽沼终于面向这边。

"可是，却也没错。"

那双眼睛灰暗得令人发怵。

"几天之后，我在联合葬礼上见到他，之后他就没有再回来了。也许他曾经回来过，但至少我没见到。"

说完震灾当时的事，古贺显得非常难过。

"从那以后，骏确实失去了很重要的东西。不只是家和家人，我总觉得他失去了更重要的东西。"

3

溜出事务所的五代为躲避警方的追踪，换了好几个地方藏身。被逮捕过两次，任谁都会变得特别小心。像五代光是在宫城县内就准备了五个藏身之处，而且绝对不在同一个地方长时间逗留。这些地方种类也很多元，有廉价旅馆、朋友的情妇家、空头办公室等。昨晚住的，便是幽灵事务所。

在这些地方辗转来去当中，五代也没有疏于收集情报，他命部下逐一报告"灾民互助会"的代表鸽沼骏的动向与警方的办案情形。不枉五代悉心调教，他们对警察的行动做了相当详细的报告。

然而，关于鹄沼的行踪则没有任何线索，完全就是一无所知的状态。五代刚刚接到部下的定期报告，但不要说鹄沼的个人资料，就连他担任代表的NPO法人的实际内容都不清楚。

"你怎么这么棘手啊？"

五代朝着半空抱怨，从行军床上坐起来。无法掌握鹄沼的消息并不是部下的错。就连五代自己，也是直到最近才知道鹄沼并没有死于震灾。在几乎没有基本资料的情况下要他们推测鹄沼会逃往何处，实在是无理的要求。

五代一出狱便直奔南滨地区，那里已是一片空地。与鹄沼的消息相关的线索也被清得干干净净，而在服刑期间要收集鹄沼的资料本来就是奢望。

出狱后，五代自己试着调查，但鹄沼任职的会计师事务所包括所长在内的全员失踪。五代也必须尽早把生意做起来，调查自然也就无疾而终了。

而让五代更加自我厌恶的是，尽管自己做卖名单的生意，却连"灾民互助会"这个NPO法人的存在都不知道。以支援灾民为目的的非营利团体，确实与五代的行业没有接点。无奈的是越是投入台面下的生意，对台面上的消息越是有隔膜。即使如此，竟连鹄沼成为非营利团体的代表都不知道，实在令五代扼腕到极点。

失踪的鹄沼会到哪里去？五代在逃跑中仍不断思索。最先想到的是老家所在的南滨地区，但他会去一个没有家人也没有家的地方的可能性很低。两个刑警造访了当地，还是未能拘捕鹄沼不是吗？

那么，以杀人嫌疑遭到追捕的鹄沼会去的，或是会藏身的地方是哪里？五代和鹄沼混在一起的时间不到两年，毕业后又各自忙碌，只通过几次电话。彼此开始工作后，连电话都不打了。

现在回想起来，其实他们也不是必须经常见面的关系。五代一直认为，就算不见面、不通话，只要知道彼此平安就够了。但没有了老家这个接点，他根本无从掌握鹄沼的消息。

对鹄沼来说特别有感情的地方会是哪里？五代自问。当然，他不见得会躲在特别有感情的地方。但也很难相信他会去躲在一个毫无因缘的地方。

既然不是老家过去所在之地，会是他们的高中吗？不对。据传闻，鹄沼也和五代一样，从来没参加过同学会。一个根本不想见同学的人不会重回过去的校园。

他与过去服务的会计师事务所没联系，和过去的同事也没联系，五代只听说事务所所在的大楼整栋遭海啸侵袭，已成为再开发的对象，现在好像正在兴建新大楼。因此，鹄沼前往当地的可能性也很低。"灾民互助会"本部与他住的公寓都有刑警监视，回这两个地方完全不可能。

五代一一删去可能性低的地点。然而，一个实在无法理解的事实一再妨碍他的思考。

那个坚定地拒绝与五代搭档行骗、选择了特别正派职业的人，怎么会沦落到因杀人嫌疑被追捕的地步？将近二十年的空白之中，到底发生了什么事？

这时，某座建筑闪光般在五代脑海中出现。

认真老实到极点的鹄沼有生以来头一次参与的坏事。

那栋建筑在市内，也偏向内陆，应该至少能免于受海啸侵袭。

五代从折叠床上跳起来，抓起西装外套，胡子也顾不得刮就冲出事务所。

逃跑用的车子是向可靠的朋友借的，即使被监理系统搜索也不用担心会出问题。

五代要去的是石卷市的市区。两名刑警造访南滨地区空手而回，往那里去无异于自投罗网，但没有人会想到搜索对象竟会大摇大摆去那附近。有道是，最危险的地方反而是最安全的地方。

进入石卷市后，五代将车开往立町中央区。该区在市中心活化基本计划内，是市内再开发进展最快的地点之一。

在最近的便利商店停车场停好车，五代仔细察看四周。

时近正午，店里挤满了物色午餐的客人，附近的餐厅也都很热闹。客人当中有很多是建筑工人。若光看这一幕，确实会有立町中央区正一步步从复兴走向再开发的印象。

五代一个个观察他们的样子和视线，确定没有警察混在里面，装作要找地方吃饭，来到车外。

那一带的景观因再开发正在大幅转变。人行道变宽了，处处都装饰着石森章太郎的动漫人物塑像和海报。朝市公所方向走去，建设中的大楼便少了，往日的商店街渐渐露脸。五代要去的，是那条商店街边缘的那群复合式大楼。

这里正好夹在中心市区活化基本计划核心的站前区与立町中央区之间，被再开发遗漏了。复合式大楼大多自五代高中时起便没有被拆毁，还保持着往年的模样。

五代要去的大楼也还健在。历经近二十年的风霜雨雪，墙面难免褪色，从玻璃窗上的广告来看，承租率连一半都不到。

而大楼正下方，有个人坐在路边。无所事事地望着四楼的样子，简直像个不知所措的孩子。

"哟。"

五代一叫，男子便缓缓转过头来。和自己一样满脸胡楂的，正是鹄沼。

但鹄沼面对突如其来的老友一点也不显得惊讶，举起一只手作为回应。看他西装软塌、衬衫也皱巴巴的样子，可见他也一直在说不上太好的栖身之地辗转流离。尽管头发里夹杂了些许白发，脸颊也松弛了，但理性的眼神还是一点都没变。

五代环顾四周，确定没有疑似警察的人影后，才在鹄沼身边坐下。鹄沼仰望的四楼玻璃窗上贴着"商办招租"的纸。

那里曾经是"东北金融"的事务所。五代与鹄沼策划并成功诈骗了七千多万元，那是他们第一次，也是唯一一次合作。

"'东北金融'撤走了啊。"

鹄沼自言自语般喃喃地说。

"你不知道吗？二〇一〇年就因为无力偿付倒了。他们本来就是黑道的傀儡企业，一旦经营不善，他们会选择把店收一收，才不会去改善经营。"

"恭哥，是吧？"

"对，恭哥。到现在我还是清清楚楚记得余额变成二十五万时能岛的表情。"

"恭哥在弄程序的时候，我就在对面的咖啡店看你们的情况。那家咖啡店也没了。"

"那时候老板就是个很老的老头了啊，大概是没人继承吧。"

"人和建筑都会消失，是吧？"

"我们却这样留下来了。"

"但也不再是那时候的样子了。"

鹄沼有些落寞。

"倒是你，不用逃吗？我看你很从容啊。"

"你怎么知道我被追捕了？"

"就同行知门道啰。追踪警方的动向，知道他们直捣'灾民互助会'，然后一查那里的代表，你的名字就跑出来了。"

"我一点都不从容。"说完，鸪沼自嘲地露出皱巴巴的衬衫。

"我逃了三天，连宫城县都出不去。"

"我开车来的，可以载你。"

"没用的。通往县外的主要干道和主要车站都有刑警把关。那边的石卷车站也一样。到处都是一看就一副拎着手铐等着逮人的人在那里晃来晃去。"

"你坐在这里也迟早会被捕。"

"我已经逃腻了。仔细想想，我从小就不太会玩捉迷藏。"

"对哦，你都是负责动脑的。"

"而你是负责动手的。不过，听说你现在在卖名单？"

"你知道啊？"

"多少知道，毕竟我也是做黑的。'帝国调查'评价不错，听说给的名单很实在。"

"谁叫你不来光顾，看在以前的交情上，我一定会给你打折的。"

"你又没有我想要的名单。你买卖的是活人的资料。我想要的是明明已经死了，却还被当成活人的资料。"

"真没想到你会变成这边的人，以前明明拒绝了我。"

"只是时机不巧而已。"

"你是在什么时机下变成坏人的？"

"……震灾时你在哪里？"

"牢里。宫城监狱。"

鹄沼似乎不太知道五代的状况，睁大了眼睛。

"那真是灾难啊。"

"那天，在墙外的人更难吧？"

"是啊，简直就像人间的灾难全都发生在同一个地方了。房子、船、车子，人们辛辛苦苦赚来的东西，全都被海带走了。人也是。小孩子就在我眼前被冲走，而且是好几个。"

鹄沼将视线落在张开的双手上。

"只要游个十米也许就救得了，可是我却什么都做不了。只能眼睁睁地看着那些孩子被冲进大海。以前我志得意满，觉得只要有心，没有做不到的事。可是那时我却什么都做不了，连一个孩子都救不了。"

"那是非常时刻啊。"

"只有当时在场的人才能理解这种心情。"

"我家也被冲走了。"

"但你没有直接看到人像垃圾一样被冲走吧？那一瞬间，我的价值观变了。死掉的人，不过就是垃圾。"

鹄沼淡淡地继续说下去。话中没有情绪起伏，反而更加震撼五代的心。曾经那么理性的鹄沼竟如此干脆地变为歹徒。海啸不仅卷走了人和财产，连鹄沼的心也卷走了。

"你怎么会想到买卖失踪者的户籍？"

"人的生死，没有那么大不了，户籍也就是份资料。既然是没有人在用的资料，就提供给需要的人。死去的人不会有怨言，得到新名字的人能展开新的人生，卖户籍我可以赚钱，皆大欢喜。"

"这是你原本上班的会计师事务所没了之后马上就开始的吗？"

"当然需要时间准备。必须开发拿到公家机构资料的途径，也必须掌握失踪者的死亡宣告进行到什么程度。我成立NPO，担任法人就是为了便于搜集资料。"

条理分明的语气仍是老样子，但听着他的话，五代默默绝望了。鹄沼果然变了。鹄沼失去了最鹄沼的部分。

"看你一脸遗憾的样子。"

"哪有？"

"我刚才也说过，就买卖个人资料这一点，我和你做的事是一样的。"

"的确只有这一点是一样的。"

"你是要说你没有杀人，是吗？"

"你杀了吗？"

原以为鹄沼多少会迟疑，却见他面不改色。

"因为我一直以为我的事业会让大家幸福。我完全没料到会被那些买别人户籍的人威胁。那天，一个姓真希的前科犯找我出去，说如果不希望我非法买卖失踪者户籍的事被抖出去，就给他五千万。我问他情由，他说他已经厌倦用别人的姓名活着了。还说只要有一大笔钱，就不必活得提心吊胆。我总不能每次都回应这种要求，就去了约好碰面的公园想劝他。"

"想劝却吵起来了吗？"

"亮刀的是他。他事先把刀藏在怀里，大概是走投无路，打从一开始就没有要讨论的意思吧。扭打之间我抢过了刀，糟就是糟在这里。我向来都是动脑不动手，不会打架。一时之间太激动，等回过神来的时候已经刺下去了。知道他断气以后，我赶紧敲碎了他的上下颚。"

"怕被人从齿模查出身份吗？"

"因为他有前科，我也把手指切下来，好让警方不能比对指纹，又把刀子和手机带走。但是我太小看警察的办案能力了，侦察人员没多久就盯上了'灾民互助会'。"

与对方扭打中冲动将人刺杀，多半真的是因为鹄沼不会打架的关系。但杀了人之后紧接着进行冷静沉着的善后处理，就非常有鹄沼的风格。

"刀子和手机，还有手指呢？都还在吗？"

"我哪会冒这种险？早就处理掉了。"

"手机里可能还留着他威胁你的证据啊。"

"我都看过了。要是能找到那些证据，我早就存在事务所的保险箱，或是拿去给警方了。"

"你打算自首？"

"我要在这里再待一会儿，也难得见到你。"

"有没有什么我能帮忙的？"

这个嘛——鸨沼望着半空沉思。

"如果有什么有效率的坐牢方式，我很想了解一下。反正一定会进去好一阵子，我不想浪费时间。"

"没别的了吗？"

"你能给我的，也就只有这个吧？"

"嗟！"

还是老样子。正因如此，他唯一变了的部分更加令人惋惜与失落。

"你也很让人意外啊。"

"怎么说？"

"竟然一直乖乖卖名单。我还以为你会做一些更大胆的工作。"

"等你被判两次有罪再说，再蠢的人也会变得小心谨慎。"

其实并非如此。

是因为自己害怕暴力，也害怕人的死亡。

那天，从宫城监狱的电视看到的故乡的惨状。

出狱后造访南滨地区的空地时看到的虚无。

那两片景象深深烙在五代眼底。在脑海中无数次重播之后，五代便开始回避暴力和他人的死亡。

鹄沼在海啸现场目击了人的死亡。通过电视画面和实际看到所受的冲击肯定相差悬殊，但他们目击的是同样的内容。

尽管眼见的是同样的失去与死亡，五代害怕了，鹄沼却是不在乎了。这样的差异到底是什么造成的？分隔两人的界线到底在哪里？

五代迟疑着不知怎么说的时候，察觉有人影朝他们靠近。回头一看，两个男人正从人行道对面逼近。

是笘筱和莲田。

视线立时转向相反的那一侧，果然有另一组双人搭档一步步缩小与他们的距离。

夹击。比赛结束。

在鹄沼面前站定的笘筱，身体似乎微微紧绷。

"鹄沼骏吗？"

"我是。"

"我要以伪造文书与杀人的嫌疑逮捕你。"

鹄沼缓缓站起来，毫不抵抗地伸出双手。

"伪造文书和杀人，是吗？轻罪和重罪并列，感觉真奇妙。"

"我不认为伪造文书是轻罪。"

笘筱边上手铐边说，连五代都听得出他的声音勉强压抑着情绪。

鸧沼以略感讶异的神色看笘筱。

"刑警先生，方便请教大名吗？"

"宫城县警刑事部，笘筱诚一郎。"

鸧沼一副原来如此的样子点点头。

"你是笘筱奈津美小姐的先生吗？"

"没错。"

"你怎么知道我在这里？"

"五代以前的一个同伴，姓岸部的记得，五代曾经在'东北金融'打工，虽然为时很短。正好和你们开始走得很近的时期重叠。"

"被你逮捕我也只好认了。"

鸧沼淡淡地笑了。笘筱没有生气，视线转向五代。

"五代良则，我们也有话要问你。"

"好好好，我奉陪。"

鸧沼双手被铐住，就这么向前走，五代则跟在他身后。

鸧沼的背影让人觉得他没有任何话要说。

4

被带到项目小组的鸧沼始终平静沉稳，一点都不像杀人后会敲碎死者上下颚、切手指的凶恶罪犯。

由于事件涉及奈津美的户籍，身为关系人的笘筱本来应该避嫌，但因逮捕杀害真希龙弥的嫌犯有功，也不便将他排除在外。笘筱本想担任记录，没想到鹄沼主动指名找他审讯。于是由莲田担任记录，笘筱坐在鹄沼正对面。

鹄沼首先恭敬行了一礼。

"这是道歉的意思，还是一般的招呼？"

"我未经许可擅自动用了尊夫人的名字，我为此道歉。"

"听起来像是在说除此之外没有道歉的必要。"

"是的，正是如此。"

鹄沼一点都没有惭愧反省的样子。

"对于买卖失踪者户籍这件事本身，以及杀害真希，我都没有犯罪意识。"

"说说理由吧。"

"杀害真希，是因为他恐吓我。他说我若是不希望买卖户籍一事被抖出来，就拿出五千万。我一度说服他，但我知道这类恐吓不会一次就结束，所以我认为最终只能将他除掉。"

置物柜里的西装验出与砖块上相同土壤一事，已事先告诉了鹄沼。或许是因为物证就在眼前，认为抗辩无用而死了心，鹄沼答得很坦率。

但坦率的只有态度。他所说的内容已偏离伦理。

"买卖户籍的确是违法行为，但没有人会因此而蒙受实质损害。官方虽视为失踪，但他们实质上等同死者，无论自己的户籍被如何利用，都不可能出面申诉。另外，世上有些人用本名连找工作、生活都有困难，他们想要另一个名字。就行政而言，也可以从实质上等同死者的人身上征收税金。这是需求与供给双赢的生意。因此，虽违法，我却不认为是罪恶的。"

"你不认为这样的行为冒犯死者吗？"

鸠沼听后，他的视线忽然放远。

"笘筱先生想必因工作目睹过很多人的死亡吧？你本身对人的生死是怎么看呢？"

"我没有必要跟你辩论生死观。"

"我不是要争辩。我想，我的感觉比别人更深刻。人的生命很脆弱，无论是好人还是坏人，死了就只是物体。这不是冒不冒犯的问题。"

"你还记得以前担任民生委员的古贺先生吗？"

"记得。他是我的邻居，很照顾我。他现在过得好吗？"

"他说你从小就认真又顽固，还大大称赞你信念坚定。"

"老人家总是会美化过去的记忆。"

"他看起来年过八十还很硬朗，只会美化记忆的老人应该不会变成那个样子。要是把你的罪状告诉古贺先生，真不知他会有什么反应。"

鹄沼一边的眉毛动了动。

"古贺先生也这么推测过，在遭遇海啸时，你失去的不只是家和家人，会不会也失去了正常的伦理观念。"

"行为本身受到指责我无话可说，但让别人对自己的内心说三道四，我感觉并不舒服。"

他似乎有些光火，但语气并不到抗议的程度。

"犯案动机是侦讯的重点之一。无论你喜不喜欢，都没得选。"

鹄沼沉默片刻。但态度不像是被惹火，也不像是要行使缄默权的样子。

正要催他回答时，只见鹄沼缓缓开口。

"有时候，我会看到海。"

话声有如喃喃自语。

"震灾当天，我在南滨。在高台避难的时候，一个背着红色小学生书包的小女孩从我眼前的旧北上川漂过去。四周下着雪，天色昏暗，只有书包的红色特别醒目。不只小女孩，那之后好多好多人被冲走。吞噬他们的海黑漆漆的。我看到的，就是那黑漆漆的海。现在一说到海，我就只能想到那片漆黑的海。"

一连串与案件毫无关联的呓语。

但笘筱却接不下去。

因为他自己，有时也会蓦地想起。

吞噬人，吞噬建筑，吞噬一切，将之带往彼方的海。笘筱幻视中的海也是将光吸尽般漆黑的。

追逐者与被追逐者，倚赖希望的人和失去希望的人都看着同样颜色的海。

敲键盘的声音停了。莲田望着两人不发一语。幸运躲过海啸肆虐的莲田看到的，究竟是什么样的海呢？

*

那天，笘篠待在自己的住处——虽然不是轮休，却因石动的指示半强迫地休了假。

"我可不希望有人到处去说一课黑心、压榨血汗，不让调查员休息。"

话说得不好听，奇怪的是，却没有给人不好的印象。

笔录平平淡淡地完成，当天鹄沼便被移送仙台地检，嫌疑是伪造文书与杀人。自白与物证齐全，预计开庭审理前的程序也会很顺利。

至于辩护律师，是选任的，而非公设。据说，五代前往仙台律师协会谈判，说要多少钱不是问题，要找最优秀的律师。笘篠认为这很像他会做的事。

笘篠在餐桌上摊开文件。

那是从区公所的窗口拿回来的失踪者死亡宣告申请书。标题是家事申请状，在旁边括号内填写"申请宣告死亡"的格式。

笛筱在申请人那一栏填入本籍、住址、联络方式、姓名、职业后，在下面标记"失踪人"的空栏里，填写奈津美的资料。他平常填表格文件时都草草了事，唯有填写这份文件时是一个字、一个字地珍重写下。

笛筱翻到背面，在申请事项一栏写下请求宣告失踪人死亡，在理由中写下失踪。最后由申请人签名盖章，文件就完成了。

接着第二张是健一的。他对这张也是慢慢地，像刻在自己心口般地把空栏埋满。

不久，两张都完成了。仔细检查，没有遗漏。再来便只要附上两人的户籍誊本与户籍附票，以及证明失踪的资料，提交给家事法庭即可。

他觉得对不起奈津美和健一。

这七年，他一直告诉自己不去申请宣告死亡，是希望两人能够生还，但那不过是欺骗自己。

是他不愿承认两人的死。

是他没有自信能承受两人的死。

若说这次的案子是笛筱的怯懦造成的也不为过。要是他有接受现实的勇气，奈津美的名字也不会被人盗用。

现实既残酷又巨大，重重压上来，仿佛在对他说，这就是你欺骗自己至今的后果。

餐桌上的相框里是奈津美和健一的照片。笘筱来回看着照片与申请状。

两人看起来像是叫他快点提交，也像是让他在手边再多留一阵子。

然后毫无预兆地，他眼睛发热。

趁着四下无人，笘筱放声大哭。

文治
磨铁图书旗下子品牌

更好的阅读

监　　制　潘　良　于　北
产品经理　胡马丽花
文字编辑　珈　一
版权支持　冷　婷　郎彤童　李孝秋
营销支持　金　颖　于　双　黑　皮
封面设计　沉清Evechan

关注我们

官方微博：@文治图书
官方豆瓣：文治图书
联系我们：wenzhibooks@xiron.net.cn

北京市版权局著作合同登记号：图字01-2022-7043

KYOKAISEN
Copyright © 2020 Nakayama Shichiri
Chinese translation rights in simplified characters arranged with NHK PUBLISHING,INC.
through Japan UNI Agency, Inc., Tokyo

图书在版编目（CIP）数据

界线游戏 /（日）中山七里著；刘姿君译 . -- 北京：
台海出版社，2023.7
ISBN 978-7-5168-3571-5

Ⅰ.①界… Ⅱ.①中… ②刘… Ⅲ.①推理小说—日
本—现代 Ⅳ.① I313.45

中国国家版本馆 CIP 数据核字（2023）第 097979 号

本书中译本由时报文化出版企业股份有限公司委任英商安德鲁纳伯格联合国际有限公司
代理授权

界线游戏

著　　者：[日]中山七里	译　　者：刘姿君	

出 版 人：蔡　旭　　　　　　　　　　责任编辑：俞滟荣

出版发行：台海出版社
地　　址：北京市东城区景山东街 20 号　　邮政编码：100009
电　　话：010-64041652（发行，邮购）
传　　真：010-84045799（总编室）
网　　址：www.taimeng.org.cn/thcbs/default.htm
E - m a i l：thcbs@126.com

经　　销：全国各地新华书店
印　　刷：三河市冀华印务有限公司
本书如有破损、缺页、装订错误，请与本社联系调换

开　　本：880 毫米 ×1230 毫米　　　　1/32
字　　数：185 千字　　　　　　　　　　印　　张：9.5
版　　次：2023 年 7 月第 1 版　　　　　印　　次：2023 年 9 月第 1 次印刷
书　　号：ISBN 978-7-5168-3571-5

定　　价：52.00 元